Takahashi Hiromu
타카하시 히로무
illustration
아유마 사유

이세계에서 돌아온 아저씨가

THE SKILL OF PATERNITY

부성스킬로 파더콤 아가씨들을 헤롱헤롱

신성무녀——

태어나자마자 부모 곁을 떠나
여자들만 사는 신전에서 평생을 보낸다.
남자와의 접촉을 금지하는 궁극의 처녀.

"흐앙…… 이, 이게 비데……!"
신성무녀 16세
안젤리카

"……어서 오세요…… 나카모토 씨."
서점 외동딸 17세
오오츠키 아야코

"내 팬티 사진 찍었지.
모를 줄 알았어?"
요즘 JK 16세
사이토 리오

RIO
『연상 남친 모집 중』
▶읽음
이 녀석 마음속에서는
순정만화일 수도 있겠지만,
이쪽에서는 범죄 다큐멘터리가
시작되고 있다.

이세계에서 돌아온 용사(중졸)
나카모토 케이스케
32세

CONTENTS

프롤로그 003

제1장 008

제2장 030

제3장 073

제4장 128

제5장 184

제6장 218

에필로그 246

EX에피소드 252

【안젤리카의 자율학습】

Takahashi Hiromu
타카하시 히로무
illustration
아유마 사유
이세계에서 돌아온
아저씨가
THE SKILL OF PATERNITY
부성스킬로
파더콤 아가씨들을
헤롱헤롱

일러스트/**아유마 사유**

♥ 프롤로그 ♥ PROLOGUE

"나, 배가 부르면 아빠 색시가 될래. 속도위반 결혼이라는 걸 해보고 싶어."

"……그건 보통 『나, 이담에 크면 아빠 색시 될래』 아니냐."

내 딸은 소위 말하는 파더 콤플렉스다. 그것도 상당히 중증의.

보다시피 공공연하게 내 자식을 갖고 싶어 하는 데다 「장래의 꿈은 난소의 알맹이를 다 써버리는 것. 전부 아빠 아기로 만들어서」라고, 거리낌 없이 떠들고 다닌다. 이건 거의 사람의 발상이 아니라 말하는 난자가 아닌가 싶을 정도.

나이는 열여섯. 금발 벽안에 인형 같은 얼굴. 게다가 나올 덴 제대로 나와 있는 전형적인 서양 미소녀라고 할 수 있다.

하지만 아빠인 나는 아주 평범한 일본인이라서, 누가 봐도 친자식이 아니라고 알아볼 수 있다. 이세계에서 돌아온 용사라는 묘한 처지 때문에 이런 관계가 됐는데, 거기에 대해 이야기하자면 너무 길어질 것 같으니까 사양하겠다. 그보다 지금은 사람들 앞에서 발정이 난 이 문제아를 어떻게든 해야 할 텐데.

나는 옆에서 책을 읽고 있는 딸에게 작은 소리로 잔소리를 했다.

"대낮부터 애 만드는 얘기 하지 마. 여기가 어딘지는 알아?"

"서점이잖아요?"

"……그런데, 지금 무슨 책을 읽는 거야?"

"뭐긴요. 태교 책인데요."

10대 소녀가 아저씨 옆에서 임산부용 전문지를 열심히 읽고 있다. 완전히 범죄의 장면이다. 게다가 페이지를 넘길 때마다 옆 가슴을 내 팔꿈치에 비벼대고 있으니, 도무지 변명할 길이 없는 현행범이 되겠지.

"……그 책은 사줄 테니까, 가슴으로 건드리지 마."

"아빠는 날 딸이라고 생각하고 있잖아? 그럼 가슴이 닿는 정도는 아무렇지도 않을 텐데."

"아, 아무리 딸이라고 해도 가슴과 접촉하는 건 피하고 싶어하는 법이라고."

"아~. 혹시 아빠, 나 보고 이상한 기분이 들었나? 에헤헤. 괜찮아. 난 항상 아빠한테 그런 기분이니까."

"……잠깐만, 무슨 생각을 하는 거야. 가슴 사이에 팔꿈치 끼우지 마. 하지 말라고! 계산대 쪽에서 시선이 느껴진다고!"

"보여주는 거야, 쟤한테. ……아빠가 누구 건지 알려줘야 하니까."

계산대 쪽을 보니 젊은 여성 점원이 천천히 일어나고 있었다. 틀림없이 이쪽을 응시하고 있다.

"……부녀간에 사이가 좋은 건 괜찮은데…… 정도껏 해주세요……."

기어들어가는 목소리로 속삭이는 가련한 점원 아가씨. 이 아가씨는 이 집 외동딸이고, 청초한 분위기가 감도는 안경 아가씨다. 얌전해 보이는 얼굴이지만 가슴은 엄청나게 크다. 게다가 딱 달라붙는 골지 니트 스웨터까지 입었으니, 그야말로 이상적인 문학소녀라고 할 수 있겠지.

……문제는 이 아가씨도 심한 파더 콤플렉스고, 게다가 나한테 집착까지 하고 있다.

"미안, 너무 시끄러웠지. 금방 사서 나갈게."

"아뇨. 제가 화난 건 그쪽이 아니에요."

그렇게 말하며, 매혹적인 서점 아가씨가 뚜벅뚜벅 걸어왔다. 왜 그러나 싶었더니 나한테 딱 달라붙어서 책 정리를 시작했다. 풍만하게 부풀어 오른 가슴이 물컹, 하고 왼쪽 팔꿈치에 닿았다.

"이봐요!"

반대쪽에서 똑같은 짓을 하고 있던 딸이 고양이처럼 위협하기 시작했다.

"이거 평범한 점원의 거리감이 아니거든요~?"

"……그쪽이야말로 건전한 부녀의 거리감이 아닌 것 같던데요."

아저씨인 나를 사이에 두고 빠직빠직 불꽃을 날리는 두 소녀. 이 자리에 제3자가 나타나기라도 하면 어쩌지, 같은 소박한 공포를 맛보고 있는데, 갑자기 주머니 안에서 진동이 울렸다. 휴대전화다.

재빨리 정신을 차리고 황급히 스마트폰을 꺼냈다. 일 관계 연락이라면 바로 받아야 하니까.

『새로운 메시지가 있습니다.』

좌우에서 시선이 느껴졌지만 신경 쓸 틈이 없다. 화면을 터치하고, SNS 앱을 켰다.

그랬더니 거기에 표시된 것은,

『지금 보러 가도 돼? 나카모토 씨가 좋아하는 속옷도 입었는데. 이런 거 좋아하지?』

유혹하는 것 같은 메시지와 함께 보내온 외설적인 셀카 사진이 있었다. 검은 머리카락의 여고생이 새빨간 얼굴로 치마를 들쳐 올리고 있는, 누가 보기라도 하면 당장 체포당할 것 같은 느낌의.

"……."

"……."

"……."

이 조례 위반으로 잡혀갈 것 같은 사진을 보낸 여고생도 날 좋아하는 사람 중에 하나다. 외모는 어지간한 아이돌보다 훨씬 예쁘지만, 정기적으로 야한 셀카 사진을 보내는 못된 취미가 있다. 흥분하면 날 파파라고 부르는 나쁜 버릇도 있고. 더 흥분하면 주인님으로 바뀐다. 파더 콤플렉스와 암퇘지 기질을 동시에 가진 정말 복잡한 아이다.

"흐응……. 아빠, 까만 팬티를 좋아하는구나. 나도 내일부터 이런 색으로 입어도 돼?"

"……잠깐만, 이건…… 어째서 이런 관계성이 됐는지 자세히 설명해 주셔야겠는데요…… 얼마나 조교를 하면 이렇게까지 되는 건가요……."

아니야. 나도 이런 상황은 원하지 않았어. 이건 어디까지나 불가항력이고 사고 같은 일이야.

그래. 스킬. 전부 그 스킬이 문제다. 그딴 걸 받은 시점에서 이렇게 되는 팔자가 정해졌다고 생각하는 수밖에 없다. 게다가 젊은 아이에게 시중을 들게 만든다는 성능이었고, 이름이 이름이고…….

"아니, 부성 스킬이 파더 콤플렉스 여자애들을 불러들인 거야. 내 탓이 아니라고."

물론 그런 변명이 통할 리가 없어서.

나는 따져대는 소녀들에게 둘러싸여서, 일이 어쩌다 이렇게 됐는지, 약 한 달 동안 있었던 일들에 대해 생각해봤다.

♥ 제1장 ♥ CHAPTER 1

나는 돌이킬 수 없는 짓을 저지르고 말았다. 다른 하고 싶은 일도 있었는데, 하필이면 최악의 길을 고르고 말았다.

그래. 난 분명히 세상을 구했다. 마왕 따위, 한 손으로 해치웠다.

하지만, 잃어버린 것이 너무나 컸다.

그러니까 이건 나한테 내려진 벌인지도 모른다.

◇ ◇ ◇

기름으로 범벅이 된 싱크대, 바퀴벌레가 기어 다닌 자국. 이 작은 라멘 가게가 내 직장이다.

나는 오늘도 점장한테 귀찮은 잔소리를 들으면서 설거지를 한다. 느리잖아, 언제까지 할 거야, 같은 소리는 차라리 다행이지.

"넌 정~말 쓸모없는 놈이다, 나카모토!"

"죄송합니다."

"이러니 방구석에 틀어박혀 있었지……. 안 그러냐? 너 같은 놈들이 부모님을 죽인다며? 가족회의 하다가 푹, 하고 말이야."

방구석 폐인.

부정은 안 한다. 이력서의 공백 기간을 보면 누구라도 그렇게 해석할 테니까.

내 경력은 조금…… 아니, 상당히 독특하다.

나는 열다섯 살 때── 이세계로 소환당했었다.

소위 말하는 중세 유럽 판타지풍의 검과 마법의 세계로. 게다가 게임 같은 시스템이 있는 묘한 세계.

나는 그 세계에서 17년이나 살았다. 10대도 20대도 모험을 하며 보냈고, 정신을 차려보니 어느새 서른두 살이나 돼 있었다.

긴 여행 끝에 겨우 마왕을 쓰러트린 게 작년의 일. 그 뒤에 갑자기 원래 세계로 돌아왔다.

이제 됐어요, 수고하셨습니다. 용사는 고향으로 돌려보내야 합니다. 대충 그런 말을 하더니 휙, 하고 돌려보냈다.

허무한 것도 정도가 있지. 처음에는 꿈이 아니었나 싶었을 정도로.

갑자기 현관 앞에 나타난 아들놈을 보고 부모님이 엄청나게 놀라셨다. 당연한 얘기지. 계속 실종된 줄 알았던 자식 놈이 십년도 넘게 지나서 갑자기 나타났으니, 펄쩍 뛸 만도 하지 않겠어.

"너 살아 있었니?!"라고 할 줄 알고 각오했는데, 어머니의 입에서 튀어나온 말은 "너 언제 밖에 나갔었니?!"였다.

뭐, 그런 얘기다.

신관 놈들이 날 고향으로 돌려보내기 전에 기억을 맞춰야 하네 어쩌네 했었다. 덕분에 내가 이세계에서 온갖 모험을 겪었던 세월이, 이쪽 세계에서는 「방구석에 틀어박혀 있었다」는 인식으로 바뀐 것 같다. 내 머릿속 기억은 그대로 있고 다른 사람들 기억만 조작한 것이다.

어떻게 했는지는 모르겠지만 정말 쓸데없는 짓이었다고 해주고 싶다.

왜냐하면 그 덕분에 만들어진 내 경력은,

『나카모토 케이스케, 32세. 업무 경력 없음. 방구석 폐인 출신.』

이 돼버렸으니까.

제대로 된 일을 할 수 있을 리가 없다. 집에 돌아온 지도 벌써 일 년이 다 되어 가는데, 이런저런 아르바이트나 하면서 살고 있다. 지금은 이렇게 라멘 가게에서 잡일이나 하고 있고.

이세계에 있던 때는 성검으로 오크 같은 것들을 슬라이스 했었는데 말이야. 그 돼지 인간을 파바박하고. 그런데 지금은 매일같이 중식칼을 들고 라멘에 얹을 돼지고기나 자르고 있다. 내가 돼지를 잘 자르기는 하지만, 이건 아닌데 말이야.

너무나 큰 격차에 한때는 정신이 나갔던 게 아닌가도 싶었다. 내가 기나긴 환상을 봤던 건 아닌지, 나 자신을 의심하기도 했다. 용사였던 건 전부 망상이고, 사실은 내방 침대에서 잠이나 자고 있었던 건 아닐까.

하지만 내 시야에는 여전히 스테이터스 창이 떠 있고 마법도 쓸 수 있다. 마음만 먹으면 새끼손가락으로 트럭을 들어 올릴 수도 있다.

스킬도 신체 능력도 이세계에 있던 때와 똑같다.

나는 아주 제정신이고, 여전히 용사다.

……기왕이면 일반인 정도로 약하게 만들어서 돌려보내 줬으면 싶기도 한데 말이야.

왜냐하면 내 힘은 이미 사회 부적합자의 영역이니까.

봐, 이렇게.

"나카모토! 또 깨먹었냐!"

"……죄송합니다."

고개를 숙이고 깨진 접시 조각을 주웠다.

내 완력 앞에서 지구상의 물체는 종이 세공품처럼 너무나 약하다. 방심하면 금세 부서진다.

카테고리가 내 「소유 아이템」이나 「파티 멤버」로 되어 있다면 버프 마법을 걸어줄 수도 있지만…….

마법으로 내구성을 높여주면 나의 말도 안 되는 힘으로 다뤄도 부서지지 않는다. 내 소지품들에는 이미 걸어뒀지만, 가게 식기들은 점장의 소유물 취급이다.

그래서 강화도 할 수 없어서 이런 꼴.

집 밖으로 나온 나는 그저 귀찮은 파괴의 화신일 뿐이다.

그래서 어떤 일을 해도 오래 하질 못한다. 영웅이었던 시절의 위광 따위는 흔적조차 찾아볼 수가 없다.

사회의 밑바닥.

하지만, 그걸로 족했다.

왜냐하면 나는 죄인이니까. 내가 저쪽 세상에서 저지른 일을 생각해보면, 영원히 죗값을 치러야 하니까.

——케이스케, 정말 이걸로 마왕을 쓰러트릴 수 있는 거지. 내 목숨이 헛된 건 아니겠지.

머릿속에서 울리는 목소리에 사과하며 오늘 일을 마쳤다.
깨트린 접시는 두 개. 지금까지 중에서 최소 기록이다.

◇ ◇ ◇

가게에서 나오니 오후 여섯 시가 넘었다.
음식점에서는 바쁜 시간이고 사람이 한 사람이라도 더 필요한 시간이다.
하지만 나는 최근에 노골적으로 일하는 시간을 줄여버렸고, 피크 타임에 집에 가는 경우가 많아.
쓸모없는 점원이니까. 여기도 슬슬 잘릴 것 같다…… 라면서 하얀 입김을 토하면서 집을 향해 걸어갔다.
1월의 공기는 차갑다. 새해가 되자마자 대기가 있는 힘껏 날 거절한다.
게다가 시내도 내 존재를 귀찮게 여기는 것 같고.
낯선 간판. 처음 보는 프랜차이즈 체인점. 가게 앞에서 들려오는 처음 듣는 유행가. 눈에 들어오는 모든 것들이 이상하고, 귀에 들어오는 것들도 전부 위화감이 느껴진다.
내가 있을 곳은 없는 것 같은 느낌. 아니, 느낌이 아니라 실제로 없다.
내가 이세계에 가 있는 동안 세상은 엄청나게 변해버렸다. 아무래도 2000년에 이 나라를 떠나서 2017년에 돌아왔으니까. 타임 슬립이라도 한 것 같은 기분이다.

휴대전화는 컴퓨터 정도 성능이 돼버렸고, GDP에서 중국한테 추월당했다는 얘기가 들리고, 만능 세포네 원전 사고네…… 혹시 다른 세계선으로 돌아온 건 아닐까? 같은 기분이 들 정도로.

내가 알고 있던 고향이 아니다.

내 활약을 알고 있는 사람은 아무도 없다.

난, 외톨이다.

내 마음을 지탱해주는 것은 스마트폰 게임 정도. 소위 소셜 게임이네 앱이네 하는 것들.

그것 말고는 살아갈 낙이 없는 상태다보니, 시간만 나면 스마트폰 화면만 눌러대면서 스태미너를 소비했다. 내 감각에서는 거치형 게임기 수준의 콘텐츠를 휴대 단말로 즐길 수 있다는 것이 너무나 놀라웠다.

유난히 과금 유도가 많은 게 신경 쓰이기는 하지만.

아마 게임 업계도 살아남기 위해서 필사적이겠지. 그런 생각을 하며, 내 인생이 벼랑 끝에 몰려 있는 주제에 대기업 걱정을 해봤다.

뭐 어때, 라는 생각도 든다.

더 이상 아무 생각도 하고 싶지 않다. 내 장래 따위는 전부 미뤄둔 채 인터넷 게시판에서 정치 이야기나 하고, 스마트폰 게임에 과금이나 하면서 살고 싶다.

이젠, 무리다. 내 기력은 다 떨어지고 말았다. 나한테는 뭔가 큰일을 할 자격이 없다.

미안해 엘자. 구해주지 못해서. 죽게 해서. 난 이렇게, 고향에서 힘들게 살면서 죗값을 치를 테니까. 그러니까, 지켜봐 줘. 난 앞으로도 스스로에게 벌을 내릴 테니까.

저쪽 세계에서 저지른 죄를 생각하면 지금도 눈앞이 흐릿해진다.

아저씨가 길바닥에서 갑자기 울먹이고 있으니, 지나가던 사람들은 아마도 꽤 기분이 나쁘겠지. 안 돼. 사람들이 없는 곳으로 가야겠다.

나는 황급히 근처에 있는 건물로 뛰어 들어갔다.

눈을 비비고 있어서 잘 보이지는 않았지만, 시끄러운 전자음이 들리는 걸 보니 오락실에 들어온 것 같다.

마침 잘 됐다. 여기라면 아저씨가 혼자 게임을 하고 있어도 아무도 신경 쓰지 않으니까.

나는 구석에 있는 격투 게임 앞에 앉아서는 주머니에서 스마트폰을 꺼냈다. 기분전환을 위해 좋아하는 앱을 켰다.

『아이돌 메이커 프린세스 라이브!』

애니메이션 성우 목소리로 타이틀을 읽어주면서 게임이 시작된다. 미소녀를 프로듀스해서 톱 아이돌로 만드는 리듬 게임이다.

이것이 내 급여를 사용하는, 돈을 쓰는 곳이다.

스마트폰을 구입하자마자 매출 랭킹 같은 것을 보다가 이 게임과 만났다.

솔직히 말하자면 중세 판타지풍 RPG도 많이 보였다. 게다가 그게 제일 인기 장르였고.

하지만 전혀 플레이하고 싶지가 않았다.

왜냐하면 얼마 전까지만 해도 정말로 그쪽 세계에서 칼로 베고 죽이고 했던 인간이니까.

『으아, 이젠 지긋지긋해. 그리고 칼을 그렇게 잡으면 제대로 벨 수도 없잖아.』

그런 생각을 하게 돼서 제대로 즐길 수가 없다. 종군 경험이 있는 할아버지가 밀리터리 작품을 볼 때 이런 기분일까.

오히려 나와 상관없는 세계관이면 속이 편하고 좋다. 폴리곤 모델로 만들 아이돌들을 보니 마음이 편안해진다.

"……귀엽다……."

뿅뿅하는 터치 소리를 울리며, 멍하니 화면을 들여다봤다.

거기서는 길고 검은 머리카락의 여자아이들이 힘차게 춤추고 있었다. 날씬한 몸을 열심히 움직이면서 더 많이 과금하라고 유혹한다.

수많은 검은 머리카락. 날씬한 체형.

나도 모르게 깜짝 놀랐다.

내가 게임 속에서 유닛으로 편성한 아이돌은 하나같이 어딘가 엘자와 닮았다. 그 녀석도 예쁜 검은 머리카락에 날씬한 체형이었다.

나도 모르는 사이에, 게임 속에서 두 번 다시 만날 수 없게 된 그녀의 모습을 찾고 있었던 것 같다.

더할 나위 없이 비참하고, 어리석게도.

"……젠장."

그게, 뭐가 잘못인데.

어떻게 잊겠냐고.

스스로에게 변명하며, 스마트폰 옆면을 길게 눌렀다.

「찰칵」하는 셔터 소리가 나고 아이돌들의 마무리 포즈가 저장됐다.

힘이 없을 때는 스크린샷을 보는 게 제일이다. 귀여운 것부터 야한 것까지 아주 다양한 이미지들을 보다 보면 힘이 난다.

어디 보자, 어떻게 찍혔으려나.

화면을 넘기고 있는데 "이봐, 아저씨" 하고 뒤쪽에서 날 부르는 소리가 들렸다.

젊은 여자 목소리다.

단, 낮게 깔린 목소리지만.

날 부른 건가? 반사적으로 소리가 들려온 쪽으로 고개를 돌렸다.

"……엘자?"

그리고, 내 눈을 의심했다.

왜냐하면 거기에 내가 이세계에서 사랑했고, 내 손으로 죽였던 여자가 있었으니까.

허리까지 내려온 새카만 생머리. 맑은 눈에 오뚝한 코. 각각의 부품을 두드러지게 하려는 것 같은 옅은 화장.

그리고 대담하게 단추가 풀려있는 블레이저 교복 가슴께에는 조신한 계곡이 살짝 보인다.

——교복. 현대의 학생이 아니면 입을 리가 없는 옷이다.

한마디로 이 아이는 엘자가 아니다. 단순히 눈이 닮은 것뿐인 다른 사람이다.

"좀 전에 내 팬티 사진 찍었지. 내가 모를 줄 알았어?"

그나저나 대단하네. 일본인인데 이렇게까지 이세계 사람하고 비슷한 외모를 지닌 사람이 있을 줄이야.

나도 모르게 멍하니 쳐다봤다. 믿을 수 없는 수준의 미소녀다. 여배우나 아이돌이 되려고 하면 충분히 될 것 같다. 느낌이 왔다. 내가 진짜 연예 기획사 프로듀서였다면 지금 이 자리에서 명함을 줬겠지.

"내 말 듣고 있어? 재수 없는 아저씨."

내가 혼자서 생각에 잠겼더니, 엘자와 닮은 여고생이 더 크게 소리를 질렀다.

이세계에 돌아온 뒤로 생긴 나쁜 버릇이다. 드래곤이나 오거의 포효에 너무 익숙해졌더니 인간의 고함소리는 귀뚜라미 우는 소리 정도로 느껴진다. 상당히 큰 소리로 말해주지 않으면 어? 지금 화난 거야? 라고 생각하게 된다.

"나한테 무슨 볼일이라도?"

"지금 폰으로 내 치마 속 찍었지? 그런 거 다 알거든."

"그럴 리가. 봐. 난 게임 하고 있었어."

화가 난 것 같은 여고생에게 스마트폰 화면을 보여줬다.

폴리곤 아이돌이 가슴을 흔들면서 춤추는 뮤직비디오를 보고 무슨 생각을 했는지.

소녀의 반응은,

"……재수 없어."

였다.

한 마디로 끝내버렸다.

역시 2018년이 돼도 오타쿠 문화와 젊은 여자는 궁합이 안 좋은 건가.

이런 건 변함이 없다고, 묘하게 기뻤다. 내가 알고 있는 일본이다.

아무리 생각해도 기뻐할 상황이 아니지만, 그래도 변하지 않은 것을 발견했더니 아주 조금이나마 안심이 됐다.

그렇게 긴급 상태인데도 옛날 일을 그리워하고 있었더니, 스티커사진 코너쪽에서 고등학생들이 줄줄이 걸어왔다.

남자가 다섯에 여자가 둘. 하나같이 머리카락을 요란하게 염색했고, 귀와 코에는 보란 듯이 피어싱을 했다. 교복은 칠칠맞게 풀어서 입은 스쿨 카스트 상위…… 가 아니라, 삐딱한 쪽으로 벗어난 불량배 코스로 빠져버린 분위기를 풍기는 애들이었다.

"왜 그래 리오?"

"이 자식이 내 치마 속 사진 찍었어. 안 했을지도 모르지만, 그건 됐고. 오타쿠 아저씨니까 분명히 뭔가 나쁜 짓 했을 거야."

"진짜? 나쁜 놈이네."

그렇구나. 이 여고생 이름이 리오구나.

이름까지 귀엽네. 너한테 잘 어울리는 느낌이라고, 혼자서 고개를 끄덕였다. 하지만 내가 아무리 바보 같은 놈이라도 이게 무슨 상황인지는 이해할 수 있었다.

미인계나, 소위 말하는 삥뜯기에 가까운 행위가 시작되려는 것이겠지.

그것을 각오하고 고개를 끄덕끄덕한 것이다.

그쪽에 있던 시절에는 맨손으로 사이클롭스 같은 놈들을 죽이고 바비큐 재료로 삼은 적도 있었으니까, 일본 고등학생 따위는 무서워할 이유가 없다.

그런 내 태도를 보고 짜증이 났는지, 제일 덩치 큰 남자가 내 어깨를 붙잡았다. 얼굴 전체에 피어싱을 한 눈빛이 더러운 소년이다. 세상에, 눈썹하고 입술까지 뚫었잖아. 자기 얼굴을 무슨 피어스 홀더라고 착각한 것 아닌가? 거기는 구멍을 뚫고 노는 데가 아닌데.

"따라 나와, 아저씨. 알았지. 조용한 데로 가자고…… 알았지?"

피어스를 잔뜩 단 소년이 턱짓을 하면서 말했다. 말로 어떻게 할 분위기가 아니다.

하는 수 없지. 오래간만에 날뛰어볼까, 하고 목을 움직여서 뚜둑 소리를 냈다. 하지만 그 전에 전력을 확인해볼까.

"……스테이터스 오픈."

소환 용사에게만 주어지는 특권, 감정 주문을 외웠다.

순간, 시야에 날아 들어오는 반투명한 창. 거기에는 날 노려보고 있는 소년의 상세한 스펙이 적혀 있다.

【이　름】　　사이토 킹레오
【레　벨】　　1
【클래스】　　남자 고등학생
【H　P】　　120
【M　P】　　0
【공　격】　　130
【방　어】　　110
【민　첩】　　100
【마　공】　　0
【마　방】　　80
【스　킬】　　없음
【비　고】　　이상한 이름 때문에 비뚤어진 소년. 킹레오라고 부르면 발광한다.

너…… 이름 때문에 이렇게 된 거냐. 불쌍하기는 하지만, 진짜 웃기네.

하지만 뭐, 웃기는 이름과는 달리 수치 자체는 나쁘지 않았다.

공격력 130. 평균적인 성인 남성의 능력치가 100 전후니까, 이 소년은 완력이 상당히 좋은 편이다.

하지만 싸움을 건 상대가 너무 좋지 않았어.

자랑은 아니지만 내 스테이터스는 이렇다.

【이　름】　　나카모토 케이스케
【레　벨】　　227
【클래스】　　용사, 라멘 집 점원
【H　P】　　55,060
【M　P】　　42,110
【공　격】　　52,390
【방　어】　　45,680
【민　첩】　　45,000
【마　공】　　51,940
【마　방】　　51,770
【스　킬】　　언어 이해, 스테이터스 감정, 신성검, 2회 행동, 심안, 법술, 부성
【비　고】　　예전에 큰 대가를 치르고 이세계를 구한 용사. 죄의식에 사로잡혀 있다.

질 것 같지 않은 정도가 아니라, 안 죽게 하려면 얼마나 힘을 빼야 하는 거지? 라고 말해야 할 수준이다.

이 성능 차이는 거의 개미와 공룡 정도라고 봐야겠지. 생물로서의 기본 스펙이 너무 달라서 밟아 죽이지 않게 조심하는 게 한계다.

"뭐야. 이 자식 혼자 웃고 있잖아."

사자 이름 꼬마의 말을 듣고서야 알았다.

아무래도 입가에 미소를 짓고 있었던 것 같다. 자각 없는 웃음. 몸이 투쟁을 원하고 있는지도 모른다.

그래, 마침 기분이 더럽던 참이니까.

매일 점장한테 잔소리를 들어서 그런지 가끔씩 미친 듯이 날뛰고 싶어지는 때가 있는데, 마침 지금이 딱 그랬다.

"밖에서 얘기하자고 했지? 가자."

나는 고등학생 집단에게 둘러싸여서 오락실 밖으로 나왔다.

완전히 호송이네. 사냥하는 쪽이 사냥당하는 쪽의 경호를 받다니, 정말 웃기는 일이지만.

"어디까지 가면 되지?"

킹레오 일행은 내 말을 무시하고 묵묵히 걸어갔다. 리오라고 했던 그 여고생도 아무 말이 없고.

레오와 리오. 그러고 보니 둘 다 사자 같은 이름이네. 이 녀석들이랑 어울리고 있는 건가, 하는 의심도 해본다.

그렇게 시시한 생각을 하는 사이에 인적 없는 골목길 쪽으로 끌려갔다.

고가 철로 아래, 철망 담장으로 둘러싸인 곳. 딱 오락실 뒤쪽에 위치한 곳이다.

꼬맹이들이 발을 멈췄다.

그렇구나, 여기가 사자의 소굴인가.

제일 앞에서 걸어가던 킹레오 소년이 몸을 빙글 돌렸다.

"그래서, 얼마나 낼 거야?"

여고생 속옷 사진을 함부로 찍으면 어떻게 되는 지나 알아, 라고. 주머니에 손을 찌른 채로 위협했다.

"그냥 정기적으로 ATM이 돼준다면 경찰에 신고는 안 할 수도 있거든."

여러모로 지적하고 싶은 것들이 있는데 말이야.

일단 난 돈이 없고 치마 속 사진도 안 찍었다. 그리고 이게 가장 중요한데, 네 이름이 너무 웃겨서 긴박감이 없거든. 경찰~ 따위는 걱정도 안 한다고~ 라면서 뮤지컬 창법으로 노래를 부르고 싶어질 정도야.

"항상 이렇게 용돈 벌고 있냐? 사바나에서 살아남기 위한 지혜인가."

"뭐?"

"킹레오 군은 수컷인데도 아주 열심히 사냥을 하네."

"……야, 누가 내 이름 가르쳐줬어! 리오 너야?!"

갑자기 소리를 질러서 리오가 어깨를 움찔거렸다. 이 꼴을 보면 사귀는 사이는 아닌지도 모르겠네. 그쪽이 여러모로 편하니까 고맙긴 하지만.

왜, 여자 친구 앞에서 남자친구를 파괴하는 건 좀 그렇지만, 그냥 남자사람 친구라면 봐줄 필요 없잖아?

"이 자식, 죽여 버린다!"

킹레오가 험악한 표정을 지으면서 내 멱살을 잡았다. 정말이지, 분위기만 보면 무슨 몬스터랑 싸우는 줄 알겠네.

너무나 우습다. 이 자식도 이름도, 이런 데서 꼬맹이들한테 시비나 걸리는 정도로 갈 데까지 간 나 자신도, 정말 우스워 죽겠다.

"쪼개지 마!"

무릎으로 내 배를 찼다. 퍽, 하는 둔한 충격.

"……뭐야 이 자식 배는? 무슨 콘크리트 같잖아……."

잘됐네. 이걸로 정당한 방위행위가 성립된다. 먼저 날 건드리다니, 참 잘했어요. 힘을 쓸 때는 대의명분이 필요하니까 말이야.

세계를 구하기 위해서, 같은.

"알았냐? 이건 내 몸을 지키기 위한 거다."

"뭐?"

"네가 나한테 폭력을 행사했다. 그래서 어쩔 수 없이 나도 반격한다."

"아까부터 뭐라고 지껄이는 거——야으억?"

파앙, 메마른 소리가 울렸다. 동시에 하얀 알갱이가 잔뜩 날아갔다.

알갱이의 정체는 킹레오 소년의 치아.

"역시 지구 인간은 약하네."

일부러 오른손도 아니고 왼손 백너클로 때렸는데, 힘을 더 빼야 할 것 같다. 한 방에 강냉이를 전부 털어버릴 줄은 몰랐네.

미안해 킹레오 군. 부모님이 육식동물 같은 이름을 지어주셨지만, 당분간 질긴 고기 같은 건 못 먹겠지.

"어…… 억…… 쿨럭, 쿨럭, 크어억."

자.

동료가 저렇게 손으로 입을 붙잡고 웅크렸는데, 다른 놈들은 어떻게 하려나. 도와줄까? 용감하게 나한테 덤빌까?

아직 남자가 네 명, 여자는 리오까지 세 명이 남아 있다.
"숫자는 그쪽이 더 많지?"
농담하는 것처럼 물었다.
"까불지 말라고 이 꼰대."
"다 같이 패버려!"
도발은 성공. 금발 소년 두 명이 맹렬한 기세로 뛰어왔다.
나는 의식을 집중해서 스킬을 기동했다. 시야에 가로로 긴 창과 글자가 표시됐다.

【용사 케이스케는 심안 스킬을 발동. 회피율과 명중률이 50% 상승.】
【스킬을 사용하는 동안 MP를 초당 2씩 소비합니다.】

순간, 세상이 슬로 모션이 됐다. 그렇다고 시간을 조작한 건 아니다. 내 동체 시력과 인지능력이 엄청나게 높아졌을 뿐이다.
좌우에서 날아오는 느릿한 주먹.
나는 두 손을 뻗어서 그 주먹을 붙잡고, 관절을 반대 방향으로 힘껏 꺾어버렸다.
"끄아아아아아아아아아아아악!"
비명소리를 들으며 스킬을 종료했다. 시간 흐름이 돌아온다.
지금 건 이세계에서는 초보적인 기술인데 말이야. 이쪽 세상에서는 이걸 하면 나 혼자 빨리 움직이게 돼서 몇 초 정도 미래로 날아가 버린 것 같은 기분이 든다.

"어쩔래? 계속할까?"

그렇게 물었지만 대답은 없었다.

그 대신 꼬맹이들 입에서 튀어나온 것은 한심한 울음소리.

"뭐야……. 이 자식 무슨 격투기 같은 거 하나 봐."

"야, 도망치자. 빨리."

"이리 온다……. 오, 오지 마! 오지 말라고! 으, 으아아아아아아아아아아아악!"

고등학생 무리는 새끼 거미들처럼 뿔뿔이 흩어져버렸다.

남은 것은 정신을 잃고 쓰러진 킹레오와 엉덩방아를 찧고 부들부들 떨고 있는 리오 뿐.

"……의리 있는 불량배는 픽션 속에나 있는 건가보네."

다친 친구와 여자애를 주저하지 않고 두고 가버렸다.

이세계에서도 큰소리치는 놈일수록 도움이 안 됐던 것 같다. 어디나 마찬가지라는 뜻인가.

나는 엎어져서 경련하고 있는 킹레오 쪽으로 다가가서 리제네레이션을 걸어줬다. 출력을 조정한, 가벼운 치료법이다.

이제 시간이 지나면 상처가 천천히 나을 테니까.

천천히 아물게 한 건, 바로 나아버리면 이 녀석한테 도움이 안 될 것 같아서.

그냥 놔두면 다른 사람한테도 못된 짓을 할 것 같으니까 말이야. 일주일쯤 지나면 새 이가 날 테니까, 그때까지는 열심히 반성이나 하라고.

내 손으로 박살 낸 적을 내 손으로 치료해준다.

전직 용사다보니, 나도 참 어설픈 성격이라니까. ……후유증이 남으면 큰일이 날지도 모른다는 생각도 했지만, 그보다는 증거 인멸이 더 중요하니까.

“그런데, 넌 어쩔 거야?”

응급처치도 끝내고 리오 쪽을 봤다.

다리를 잔뜩 벌린 상태로 주저앉은 탓에 치마 속이 훤히 보인다. 팬티 한복판에는 마름모꼴 얼룩이 있고, 바닥에는 물까지 살짝 고여 있네.

아무래도 너무 무서워서 지린 것 같다.

“……오지 마…… 오지 말라고…….”

리오는 다리에 힘이 들어가지 않는지, 팔 힘만 가지고 슬금슬금 도망치려고 했다.

오락실에서 봤던 그 기세는 대체 어디로 사라졌는지.

이러니까 되레 불쌍해 보이기까지 한다.

나는 말없이 스마트폰을 꺼내서 갤러리 앱을 열었다. 지금까지 찍고 저장한 사진들은 전부 여기서 볼 수 있다.

리오는 뭘 하려는 건지 이해하지 못한 얼굴이지만, 알 게 뭐야.

난 스마트폰 화면을 보여주면서 담담하게 설명했다.

“보이지? 이 동네 풍경 사진이랑 게임 스크린샷 밖에 없다고. 네 팬티를 몰래 찍은 사진은 없지?”

없어요, 라고. 리오가 작은 소리로 중얼거렸다.

“오해였어. 난 그런 짓 안 해. 알았지.”

“…….”

"알았지?"

반쯤 울먹이면서 고개를 끄덕이는 여고생. 마치 내가 덮친 것 같은 기분이다.

뒷맛이 찜찜한 싸움이었다.

【나카모토 케이스케는 전투에 승리했다!】

【경험치를 2 획득했습니다.】

【스킬 포인트를 1 획득했습니다.】

시끄러, 라고 하면서 무신경한 창을 닫아버리고 몸을 돌렸다.

더 이상 세져서 어쩌자는 건데? 쓰러트릴 적도 없는데.

쓰레기 같은 경험치, 주먹에 남은 불쾌한 감촉, 반했던 여자와 닮은 소녀의 눈물.

내가 원했던 건 이런 게 아냐.

오늘은 이만 돌아가자. 이 동네에 날 기쁘게 해주는 건 하나도 없으니까.

♥ 제2장 ♥ CHAPTER 2

깡깡 소리를 울리며 녹슨 철제 계단을 올라간다.

이래 봬도 혼자서 자취하고 있는데, 작년에 이 허름한 방을 빌려서 독립했다. 준공한지 27년이나 된 건물답게 겉모습이 상당히 허름하다. 벽도 얇고, 상하수도는 수시로 문제가 발생. 월세가 싼 것 말고 좋은 점이라고는 하나도 없다고 장담할 수 있다.

게다가 최근에는 귀신이 나온다는 소리까지 들리니, 정말 도움이 안 된다.

하지만 배부른 소리 할 수는 없지. 내 수입 가지고 구할 수 있는 방은 이게 한계니까.

내 아르바이트 수입은 한 달에 10만 엔 정도. 부모님이 보내주시는 돈까지 해서 간신히 먹고 산다.

부모님…….

그래. 정말 창피하게도, 나는 서른도 넘은 주제에 부모님의 도움을 받고 있다. 이쪽으로 돌아오자마자 「독립하고 싶다」고 했더니 부모님 쪽에서 먼저 돈을 주겠다고 말씀하셨다.

부모님의 인식으로는 17년이나 방구석에 틀어박혀 있던 아들놈이 갑자기 사회에 복귀하겠다고 결의한 꼴이니까. 어쨌거나 지원하고 싶을 만도 하지.

고맙지만, 동시에 너무나 한심한 기분이다.

빨리 경제적으로 자립하고 싶지만, 그럴 기력이 없어서 계속 의지하고 있다.

답이 없다. 죽고 싶다. 아무 생각도 하기 싫다.

폐인. 인간미만. 패배자.

머릿속에서 온갖 자학들을 하고 있는 사이에 내 방 앞에 도착했다. 204호. 2층 동쪽 끝에 있는, 이 건물에서 가장 햇볕이 안 드는 방이다.

여기서 살기만 해도 몸이 안 좋아질 것 같다고 한숨을 쉬면서 문을 열고 안으로 들어갔다.

고개를 숙이고 신발을 벗는데, 베란다 쪽에서 발소리가 들려온다.

"……?"

하지만 난 혼자 살고 있다. 쥐나 바퀴벌레라면 멋대로 눌러살고 있을지도 모르지만, 최소한 발소리가 들릴 크기는 아니다.

그런 이 소리의 정체는 대체 뭐지?

곤혹스러워하면서 고개를 들었다.

그랬더니, 금발 벽안의 여자아이가, 이쪽으로 달려오는 모습이 보였다. 하늘하늘한 하얀 의상을 팔랑이며, 가벼운 걸음걸이로.

"이건 아니야……."

혹시 스트레스 때문에 내 머리가 이상해진 걸까? 라는 생각에 눈을 비볐다.

왜냐하면 아무리 생각해도 현실감이 너무 없잖아.

이런 허름한 싸구려 방에, 서양인 여자아이. 게다가 엄청난 미소녀가?

"……말도 안 돼."

소녀는 내 앞까지 와서 발을 딱 멈췄다. 촉촉하게 젖은 비취색 눈동자가 똑바로 난 쳐다본다.

천사 같은 외모와 약간 짓궂은 미소. 인형처럼 가련하면서도 악마처럼 요염하다. 청순하면서도 요염하다는 말은 틀림없이 이런 사람을 위해서 생겨난 말이겠지.

그리고 소녀는 소리도 없이 거리를 좁혀왔다. 아주 자연스런 발걸음으로, 미끄러지는 것 같은 이동이다. 서로의 숨결이 닿을 정도로 가까운 거리.

이런. 아무리 예쁘다고 해도 수상한 사람이 이렇게까지 접근하게 두다니.

재빨리 경계했지만, 때는 이미 늦었다.

"……."

다음 순간, 소녀는 팔을 벌리더니——

"다녀오셨어요, 용사님!"

——힘껏, 날 끌어안았다.

몰캉…… 하는 부드러운 감촉. 흉악한 탄력 두 개가 내 배에 닿아서 변형되는 것이 느껴진다.

크다.

바로 사고가 정지될 뻔했다.

하지만 간신히 정신을 차리고 소녀를 떼어냈다.

그대로 기세를 타고 밖으로 뛰쳐나가서 쾅, 하고 문을 닫았다.

뭐야 그거.

1. 귀신.
2. 불법 침입한 외국인 절도범.
3. 환각.

뭐, 2번이겠지. 내가 이세계에서 쌈질이나 하는 사이에 우리 나라에는 외국인이 엄청나게 많아졌으니까. 지금은 편의점 점원들도 대부분 우리말도 제대로 못 하는 외국인들 투성이잖아.

……아냐, 잠깐만.

시간이 지나면서 머릿속이 조금씩 냉정해지고 있다.

조금 전에, 날 용사라고 불렀지? 그렇다면 이세계 관계자인가?

쭈뼛쭈뼛 다시 문 안에 들어갔더니 그 소녀가 활짝 웃으면서 맞이해줬다.

"축하합니다 용사님! 클리어 특전이에요, 클리어 특전!"

열다섯에서 열일곱 정도로 보이는 나이의 소녀다. 젊다. 그것만 해도 묘하게 마음이 불편해지는데…….

'예쁘다.'

아직 여린 티가 남아 있는 귀여운 얼굴. 일본 사람보다는 이목구비가 또렷하지만, 그렇다고 너무 과한 것도 아니다. 서양인과 동양인의 좋은 점만 골라서 모아놓은 것 같은 얼굴. 동유럽계나 혼혈에 가까운 인상이라고 할까.

하지만 전체적인 색소는 순수한 백인보다 약간 옅은 것도 같고. 피부는 투명할 정도로 하얗고, 긴 금발머리는 뒤쪽이 비쳐

보일 정도로 투명한 느낌.

——그리고 옷은, 정말로 비치고 있다. 그야말로 젖은 휴지라도 붙여놓은 것처럼.

디자인도 유난히 과격해서 어쨌거나 어디를 봐야 할지 모르는 차림새다. 그리스 신화 같은데서 나오는 여신님의 의상과 웨딩드레스를 더한 나음에 반으로 나눈, 그런 코스프레 의상 같다고나 할까? 거의 몸을 가리지도 못해서 소녀의 발칙한 몸매를 거의 있는 그대로 관찰할 수 있다.

……뭐랄까, 참 발육이 좋은 아이네.

신장은 기껏해야 150센티미터 정도일 텐데 특정한 부위만 빵빵하게 튀어나와 있다. 뭘 먹고 저렇게 언밸런스하게 자란 건지.

불균형한 경제 발전. 돔 경기장 두 곳에만 힘을 쏟은 개발도상국. 유제품 수출 대국.

영문 모를 말들이 차례로 머릿속에 떠올랐다. 내가 대체 뭔 생각을 하는 거야?

집주인 주제에 신발도 안 벗고 혼란에 빠져 있었더니, 금발 소녀가 그 커다란 가슴에 손을 얹고 큰 소리로 말했다.

"저는 신성 무녀 안젤리카라고 합니다. ……알고 계시죠? 신성 무녀."

"……신성 무녀."

들어본 적이 있다. 저쪽 세계에 있었던, 말하자면 여신관이다.

하지만 계율이 엄한 정도가 아니라 도가 지나친 사람들이었다.

왜냐하면 평생 독신으로 살아야 하는데다―― 물리적으로 남자들과 완전히 차단하고 살아가기 때문이다.

신성무녀로 선택받은 여자아이는 태어나자마자 부모와 떨어지고, 여자들만 사는 신전에 갇혀버린다. 입는 것도 먹는 것도 여자 손으로 만든 것만 주어지고. 남자와 대화하는 것은 단 한 번도 허락되지 않는다.

그렇게 해서 순결을 지킨 채로 수명이 다하게 되면, 죽은 뒤에 신들의 시녀가 된다고 믿는다.

신에게 바치는 궁극의 처녀. 그것이 신성 무녀다.

그런 유니콘이 침을 질질 흘리면서 좋아할 것 같은 신분이신 분이, 날 끌어안는 것도 모자라서 말까지 걸고 있다.

이상 사태라고 해도 좋다. 뭐, 이쪽 세상에 있는 시점에서 이미 여러모로 이상하지만.

"예, 예. 그렇고 말고요. 용사님 생각은 다 알아요. 남자분과 말하는 건 오늘이 처음이에요."

"……세상에."

"남성은 정말 낮은 목소리로 말씀하시네요. 공기가 쩌렁쩌렁 울리는 것 같고 이상한 느낌이에요."

재미있다~ 라고 말하면서, 궁극의 처녀인 안젤리카가 내 가슴과 배를 마구 더듬어댔다.

그때마다 "와, 단단하다. 여자랑 전혀 달라!" 하고 놀라는 모습은, 마치 초중고대학까지 전부 여학교만 나온 사람 같다고 해야 할까.

"……일단 설명 좀 해주겠어. 뭐가 뭔지 전혀 모르겠거든."

"그렇군요, 그럼 순서대로 설명해볼까요."

슬금슬금 팔에 매달리는 움직임은 밤에 운영하는 가게 아가씨들이 생각나게 한다. 생긴 것도 외국인이고. 싸장님~ 한잔하고 가실래요? 안 비싸거든요? 같은 소리를 할 것 같은 분위기다.

안젤리카는 그런 사람들과 반대로 몸가짐 하나는 확실하게 보증된 사람이기는 하지만. 안전하고 안심이 되기는 하지만. 최소한 바가지는 씌우지 않을 테니까.

그래도 경계할 수밖에 없는 것이 남자의 서글픈 본능이다.

"용사님이 세계를 구해주셨는데 보수도 드리지 않고 고향으로 돌려보내는 건 좀 그렇지 않은가? 라는 얘기가 나왔거든요. 그것 때문에 임금님이나 신관장님이 많이 고민을 하셨죠. 거의 매일 그 얘기만 할 정도로."

"그게 너랑 무슨 관계가 있는 건데."

"아주 많아요. 많은 얘기를 나눈 결과, 기량이 좋은 처녀를 주자는 결론에 도달했다는 것 같아요."

그 기량이 좋은 사람이 나! 라고 말하면서 허리에 손을 대고 가슴을 활짝 펴는 안젤리카.

출렁. 풍만한 흉부가 흔들린다.

똑바로 보기가 민망한 탓에 눈을 돌리고 나서 생각했다. 한마디로 너, 살아 있는 경품 같은 거잖아. 그래도 되는 거야? 그런 연말 선물 같은 취급을 받아도 괜찮은 거야?

"……일 년이나 지났는데, 이제야 상을 내려줬다는 건가."

"그건 말이죠. 왜, 용사님이 마왕을 쓰러트린 경위가 뭐랄까 좀 특수하잖아요. 그래서~ 당장은 구세의 영웅이라고 인정할 수 없었다나봐요."

"하긴…… 특수하다면 특수하지."

"희생자도 있었으니까요……. 용사를 처형하는 건 어떠냐는 얘기까지 나왔어요."

"은혜도 모르는 놈들이네."

최종적으로는 이렇게 사과 선물까지 보냈으니까 은혜를 모르는 건 아니잖아요~. 안젤리카가 그렇게 말하면서 달라붙었다.

남자를 본 경험이 없어서 그런지 너무 가까이 다가온다.

왜 그런 거 있잖아. 이성이랑 접해본 경험이 없는 녀석들은 보통 심리적인 거리가 너무 가깝거나 너무 먼, 그런 거. 이 아이는 그중에서도 가까운 쪽이라서, 아까부터 가슴 끝의 뾰족한 뭔가가 자꾸만 내 몸을 콕콕 찔러대고 있다.

――브래지어에 해당하는 뭔가를 착용하지도 않았고――

"그, 그러니까, 네가 나한테 주는 선물이라고 했는데 말이야. 무슨 의미의 선물인 거지……?"

"무슨, 이라뇨?"

"그러니까, 단순히 심부름꾼으로 보낸 건지, 다른 뭔가를 시키라고 하는 건지. 그런 선택지 있잖아."

"아~."

갑자기 짓궂게 웃으며, 안젤리카가 날 덮쳤다.

현관에서, 큰 소리를 내며 쓰러졌다.

"당연히 그런 의미죠. 용사 케이스케 님."
"그런 거라니……? 어, 어째서 지금 이름으로 부른 거야?"
"부르고 싶으니까요."
젊은 여자 특유의 달콤한 냄새가 코를 간질인다. 체취일까 향수일까 샴푸일까 판단할 수 없는, 그 정신이 나갈 것 같은 향기다. 이세계에 샴푸는 없으니까, 비누려나?
냄새의 정체가 뭐건 상관도 없는데, 왜 이렇게 열심히 생각하고 있는 거야.
이렇게까지 밀착하면 아무리 나라도 이성이 날아갈 수 있다고.
잠깐만. 그래, 이럴 때는 쓸데없는 생각을 해서 정신을 딴 데로 돌려야 해, 딴 데로.
내가 혼자서 중얼거리고 있었더니 안젤리카가 한숨 섞인 목소리로 속삭였다. 하앙, 하고 뜨거워진 숨결이 내 얼굴에 닿는다.
"오늘부터 제가 아내예요, 용사님."
빙긋, 고혹적으로 웃는 신성 무녀에게, 쩔쩔매면서 질문했다.
"……너, 몇 살이야. 이 나라에서는 말이야, 여자는 최소한 열여섯 살이 돼야 결혼할 수 있다고."
"아, 마침 잘됐네요. 지난달에 열여섯이 됐어요. 아무런 문제도 없네요."
"있어! 그, 그래, 아무리 열여섯이 됐어도, 미성년자는 보호자의 허락을 받아야 해! 넌 이쪽 세상에 부모가 없어. 그래서 아무도 허락해줄 수가 없고!"
법률을 잘 알고 있는 사람한테는 허점투성이 논리로 들리겠지만, 이런 상황에서 따질 일이 아니다.

내연관계의 아내가 된다고 하면 의미도 없고. 애당초 이쪽에 호적이나 신분증도 없는 이세계 사람한테 혼인 제도가 통할 리도 없고.

그래도 나는 밑에 깔린 상태에서, "내 말이 틀렸어!"라고 외쳤다.

그러자 안젤리카는 "음~" 하고 생각한 뒤에,

"그럼 용사님이 제 보호자가 되면 되는 거잖아요."

간단히 대답했다.

"……보호자? ……내가? 아빠가 되라는 얘기야?"

"예! 제가요, 아버지 얼굴도 본 적도 없어서, 어떤 건가 궁금하고 동경했었거든요. 신전에 유모나 의붓어머니는 계셨어도 의붓아버지는 없었으니까요."

"……그렇구나. 그래, 그렇군. 그렇다면 오늘부터 너랑 나는 아빠랑 딸이다. 알았지?"

"예!"

"알았으면 떨어져."

"예?"

벌떡, 안젤리카를 밀치고 일어났다.

"의붓아버지라고 해도 딸이랑 이런 짓은 안 해. 그건 알지?"

"모르는데요. 용사님이 보호자 권한으로 제 결혼을 허락하고 자기 색시로 삼으면 되잖아요."

"그, 그런 정신 나간 애비가 세상에 어디 있어!"

"아빠랑 딸이 결혼하면 안 되나요? 같은 핏줄만 아니면 괜찮은 것 아닌가요?"

좋지 않다고, 고개를 저었다.

"저, 아빠 아기를 낳고 싶어요."

"무슨 소리야!"

무녀들만 있는 데서 살았으면서, 왜 이런 말들이 마구마구 튀어나오는 거냐고.

두려움이 담긴 눈으로 쳐다보고 있으니, 안젤리카는 무릎을 끌어안고 웅크리고 앉았다. 입을 삐죽 내민, 삐친 얼굴로.

"그리고…… 저, 용사님을 좋아한다고요."

거짓말이야. 딱 잘라 말했다.

"오늘 처음 만났는데 좋아할 리가 있겠어."

자, 뭐라고 반론할까? 라고 생각했지만 아무런 대답도 없다.

안젤리카는 슬픈 얼굴로 가만히 입을 다물어버렸다.

뭐야 그 상처 입은 것 같은 반응은.

진심…… 이었나?

어쩌면 내가 엄청난 잘못을 저지른 건 아닐까. 그런 생각을 하면서 식은땀을 줄줄 흘리고 있는데, 안젤리카가 작은 소리로 중얼거렸다.

"지원을 받았거든요."

쭈그리고 앉은 자세로, 몸을 흔들의자처럼 앞뒤로 흔들면서 말했다.

"지난달이었어요. 신성 무녀 중에서 용사님한테 시집가도 괜찮은 사람이 있냐는 이야기가 나왔거든요. 여섯 명이 지원했죠. 그중에서 심사를 해서, 제일 예쁜 애를 보내자고."

그게 나라고, 안젤리카가 말했다. 몸의 움직임이 딱 멈춘다.

"자발적으로 오겠다고 한 거야? 대체 왜……?"

"용사님은 영웅이잖아요. 마왕을 토벌해주셨잖아요."

"힘에 이끌렸다는 건가."

"그건 아니지만요……."

도와드리고 싶었어요. 안젤리카는 그렇게 말했다.

"솔직히 그런 건 너무 불쌍하잖아요. 제일 소중한 걸 대가로 바치고, 그렇게까지 해서 세상을 구했는데. 그런데도 아무것도 드리지 않고 그냥 고향으로 돌려보냈잖아요."

"그렇구나. 동정인가."

"정말! 자꾸 나쁘게만 해석하지 마세요."

볼이 퉁퉁 부은 안젤리카가 슬금슬금 기어왔다.

소위 말하는 암표범 자세라서 가슴골 계곡이 한층 강조된다.

"용사님은 저랑 똑같아요."

"똑같아?"

"천재지변이나 전염병 같은 것들은 무서운데, 사람들은 그게 신이 화가 나셨기 때문이라고 생각해서 갓난아기를 신께 바치는 거예요. 이 아이는 평생 남자와 접하지 않습니다, 깨끗한 몸으로 죽게 할 테니 죽은 뒤에는 마음대로 하세요, 라면서. 신성무녀는 그렇게 신의 비위를 맞추는 데 쓰이거든요."

소녀의 작은 손이 내 손에 닿았다.

"용사님은 강함을, 저희는 정조를. 각각 사람들을 위해 바쳐요. 누군가를 위해 자신의 인생을 소비하는 제물이죠. 똑같지 않은가요."

——기뻐요. 내가 제물로 선택되다니. 나야말로 당신이 가장 사랑하는 여자였군요.

제물이라는 말에 엘자가 했던 말이 생각났다.

내가 제물. 용사는 대중의 산제물. 그런 말을 들어도 할 말이 없는 삶이었지만.

그래도——

"다른 사람들을 위해 허비해버린 인생을, 저와 같이 되찾지 않으시겠어요."

안젤리카의 손가락이 내 뺨을 어루만진다.

"둘이서 기분 좋게 살면서, 보복해주는 거예요. ……그 사람들보다 행복하게 살아서, 진짜 자신을 되찾는 거죠."

"진짜, 자신……."

"……저도 용사님이랑 만나는 게 조금 무섭긴 했어요. 어떻게 생겼는지도 모르니까. 하지만…… 괜찮아요. 생각보다 귀여운 느낌이니까……. 용사님, 엄청나게 쓸쓸해 보이는 눈이에요. 아직 엘자 씨를 잊지 못하셨군요."

그렇게 헤어졌으니까요. 그렇게 말하며, 안젤리카가 나한테 입을 맞췄다.

촉촉하고 부드러운 감촉. 원래는 육욕을 자극하고도 남을 자극이겠지.

하지만 지금의 나는 아무것도 느껴지지 않는다.

엘자 이름을 꺼낸 게 큰 실수였다. 감정이 급속도로 식어버리는 게 느껴진다.

내가 사랑했던 단 하나뿐인 여자. 내가 죽인 여자. 넌 그 사람이 아니다.

안젤리카의 어깨를 살며시 붙잡고, 떼어냈다.

"그만두자."

비취색 눈을 똑바로 보며 타이르듯이 말했다.

"넌 아마도 내 감정이 어떤지 몰라."

"……그렇게 어린애로 보이시나요?"

"그래. 신성 무녀로 만든 사람들에 대한 복수심, 남성 전반에 대한 호기심, 용사에 대한 동경, 부성에 대한 갈증, 나에 대한 동정. 그런 감정들이 마구 뒤섞여 있는데, 넌 그걸 사랑이라고 착각하고 있어."

"……그런 게 아닌데."

"그렇게 보인 시점에서 이미 틀린 거야."

아랫입술을 깨물고 고개를 숙인 안젤리카에게는 아까 같은 짓궂은 표정은 찾아볼 수 없다.

고개를 숙이고, 살짝 떨고 있다.

마침내 주륵, 투명한 물방울이 볼을 따라 흘러서 턱을 향해 내려갔다.

상처를 줬나. 아니면 내 말을 듣고 뭔가를 느낀 걸까.

모르겠다. 아직 아무것도 모르겠다. 이런 때, 네가 무슨 생각을 할지 모르겠다. 난 그만큼 너를 알지 못하니까.

"……아직 열여섯이잖아. 여러모로 가능성을 찾아보는 게 좋을 거야."

두 손으로 얼굴을 가리고 고개를 젓는 안젤리카에게 최대한 성의를 담아서 말했다.

"일단 성인이 될 때까지 기다리자. 그래도 나한테 연애 감정이 남아 있다면 그때는 나도 생각해볼게. 하지만 지금은 안 돼. 너무 일러."

나이 따위는 상관없는데. 눈물을 글썽이며 중얼거리는 안젤리카는 나이대로 어려 보인다.

"이쪽 세계에서 여러 가지를 보고, 많은 사람들을 만나고, 그 뒤에 답을 정하는 건 어떨까. 어쩌면 또래 남자를 좋아하게 될지도 모르잖아."

"그거, 제가 차이는 거잖아요."

"그게 아니야. 쓸쓸한 네 마음의 틈으로 파고드는, 그런 짓을 하고 싶지 않은 거야."

엘자 말고 다른 사람은 생각도 할 수 없다는 것이 가장 큰 이유이기는 하지만. 그런 말을 하면 일이 더 복잡해질 것 같으니까 굳이 말하지 않을 정도의 머리는 있다. 나도 아저씨니까. 너랑 달라서 치사한 어른이니까.

"어때? 어차피 저쪽 세계로 돌아갈 방법도 없잖아. 그렇다면 여기서 같이 사는 것까지는 괜찮으니까. 일단 부모자식으로 시작해보지 않을래. 시험 삼아. 너도, 나도."

"시험……?"

"아빠와 딸의 관계가 의외로 괜찮고, 더 이상은 바라지 않게 될지도 몰라. 남녀 간의 관계가 된 뒤에 역시 아빠를 원했던 거라고 생각하게 되면 돌이킬 수가 없으니까. 이쪽 세계에는 나이 차이가 많이 나는 남자와 사귀는 여자도 그럭저럭 많다는 것 같으니."

"난 아니거든."

아니거든, 이라니.

역시 사춘기 어린애구나, 하는 보호욕 같은 감정이 샘솟는다.

아까 여자로 의식했던 게 거짓말 같다.

……하지만 아주 잠깐이나마 의식했던 건 사실이니까.

젠장, 나이도 먹어놓고 무슨 꼴이야. 완전히 범죄잖아.

이걸 끝까지 숨기는 것과 솔직하게 말하는 것 중에 어떤 게 정답이지? 너무 쌀쌀맞게 밀쳐내면 너한테 여자의 매력이라는 게 없다고 선고하는 상태가 돼버릴 테고.

조금이나마 마음을 풀어줘야 하려나. 나는 안젤리카의 손을 얹고, 아무렇지도 않은 척 말했다

"그러니까 말이야……. 나도 예쁜 여자애가 좋아한다고 해주면 기분이 나쁘진 않아. 솔직히 아까는 심장이 멎는 줄 알았어."

갑자기 고개를 번쩍 드는 신성 무녀. 아주 신이 났구나.

"진짜……?!"

“내가 10대였다면 이미 넘어갔을 거야.”
“30대에 넘어와도 되잖아요.”
“안 돼.”
“왜~.”
“안 된다고.”
얼굴을 마구 들이대는 안젤리카의 이마에 손을 얹어서 막았다.
갑자기 분위기가 풀어져서 마음이 놓인다.
“지금부터는 내가 보호자니까 내 말을 잘 들어야 해.”
“……금세 반려로 만들 거지만요.”
“그래, 알았어. 알았으니까 오늘은 이만 밥 먹고 자자. 난 피곤하니까.”
“뭐예요. 기껏 이쪽 세계에 왔으니까 밤새도록 놀고 싶었는데.”
“그러면 키 안 큰다.”
“윽.”
역시 신경 쓰고 있었나. 왠지 우습다.
“자, 밥 먹자 밥. 군만두 해줄게. 그거 맛있어. 마늘 냄새가 좀 나긴 하지만.”
“아저씨 스타일 요리인가요?”
“그, 그렇지 뭐.”
냉장고를 열어서 냉동 만두를 꺼냈다.
이것과 채소볶음도 적당히 만들고, 된장국과 밥만 차리면 배는 부를 테니까.
유난히 일본풍인 메뉴지만 여기엔 다 이유가 있다. 이쪽 음식이 입에 맞는지 시험해보기 위한 것이다. 거부반응을 보인다면 내일부터는 양식 위주 메뉴로.

……생각해보니 식비가 2인분이 되는 거잖아.

내 돈벌이로 먹여 살릴 수 있을까. 갑자기 마음이 약해진다.

슬슬 나도 제대로 된 일을 찾아야겠지. 여자애 하나를 먹여 살리려면, 나한테 벌을 주기 위해서 가난한 거라는 소리나 하고 있을 수도 없으니까. 학력이나 경력이 없어도 충분히 돈을 벌 수 있는 직종이라면, 육체노동이 무난하려나……. 언어 이해 스킬을 제대로 쓸 수 있다면 통역도 할 수 있겠지.

어깨를 축 늘어트리고 프라이팬에 기름을 두르고 있는데, 뒤쪽에서 안젤리카가 말을 걸었다.

"그런데 용사님. 아까 말이죠, 진심으로 절 걱정해주셨던 거죠."

"당연하지."

"그런 거, 너무 치사해요……. 저, 용사님이 더 좋아졌어요."

"어째서?"

"자기도 모르게 여자를 후리는 케이스케라는 얘기, 정말이었네요."

"나한테 그런 별명이 있었어?"

유명한 얘기라고 웃는 목소리에는 아까 같은 비통한 느낌이 없었다.

무거운 얘기를 해도 뒤끝이 없는, 밝은 성격을 가진 아이다.

틀림없이 나쁜 아이는 아이야.

그래서 더 행복해졌으면 싶다. 나 같은 놈이 아니라 좀 더 젊고 멋진 남자랑 맺어져야 해. 나 말고 다른 사람이랑.

"냄새 좋다. 마늘 요리인가요?"

킁킁하면서 냄새를 맡는 안젤리카는 고양이 같아서 귀엽다.

그래, 이건 사람처럼 생긴 고양이다. 그렇게 생각하면 잘못된 일은 저지르지 않을 거야.

"요리를 잘하는 아빠가 생겨서 정말 행복해요."

"날 아빠라고 생각한다면 내일부터는 너도 집안일 좀 해줘."

그리고.

안젤리카는 내가 차려준 저녁밥을 깔끔하게 먹어치웠다. 한 그릇 더 달라고 한 걸 보면 눈치 보느라 억지로 먹은 건 아닌 것 같고.

이세계보다 간이 복잡하고 나쁘지 않은 맛이라는 것 같다. 미각이 꽤 괜찮네.

나도 맛있었다. 오랜만에 다른 사람과 말하면서 먹었더니 특별한 맛이었다.

외모도 성격도 엘자와 정반대인 여자아이.

내가 제대로 아빠 역할을 할 수 있을까?

"아빠~ 할 일 없으면 우리 아기 만들어요."

"조용히 하고 자."

해내는 수밖에 없다.

――기뻐요. 내가 제물로 선택되다니. 나야말로 당신이 가장 사랑하는 여자였군요.

그런 말 하지 마, 엘자.

네가 없으면 아무런 의미도 없어. 난 너를 지켜주고 싶어서 용사가 됐다고.

둘이서 어딘가 먼 곳으로 도망가자.

마왕 따위는 어떻게 되건 상관없어.

이딴 세상 멸망해버리라고 그래.

너한테 힘든 일을 떠넘기면서까지 살고 싶어 하는 사람 따위, 난 구해주고 싶지도 않아.

――이건 운명이야. 틀림없이 우리가 만난 순간부터 이렇게 되기로 정해져 있었던 거야.

왜 엘자냐고.

넌 내 전부인데.

다른 사람이라도 되잖아.

그 녀석들이 너한테 대체 뭘 해줬는데. 엘자, 너는 네 행복만 생각하면 되는 거야.

좀 더 치사하게, 이기적으로 생각하라고. 그게 허락된 인생이잖아.

——용사님은 거짓말쟁이. 제가 그런 여자였으면 좋아하지도 않았잖아요? 다른 사람들을 위해 열심히 노력하는 모습이 좋다고 말해주신 건, 다른 사람도 아닌 당신이니까. ……괜찮아요 케이스케. 저는 어떤 모습이 되더라도 영원히 당신 곁에 있을 테니까.

"엘자……."

눈을 떠보니 거기에 있는 것은 눈에 익은 천장이었다. 날벌레 시체가 들러붙은 형광등. 축 늘어진 끈. 오전 여섯 시를 가리키는 벽시계.

여기는 일본이고, 내 자취방. 이세계가 아니다. 나한테 부드럽게 미소를 지어줬던 엘자는 이제 어디에도 없다.

또 그 꿈인가.

죽은 여자와 움직이지 않는 내 몸. 누구한테 부탁한 것도 아닌데 계속 찾아오는 악몽의 기본 코스. 이 꿈을 꿀 때마다 자면서 눈물을 흘려서, 일어나면 얼굴이 난리가 나 있다.

일단 얼굴부터 씻어야지.

나는 침대에서 기어 내려와서 욕실로 걸어갔다.

비틀거리는 걸음걸이로 세면대 앞에 섰다.

수도꼭지를 돌리자 물이 세차게 쏟아져 나왔다. 그것을 손으로 받아서 철벅철벅 얼굴을 문지르고.

고개를 들었다.

거울을 들여다보니 눈이 새빨갛게 부은 중년 남성이 보였다.

수염도 약간 자라서 엄청나게 꼴 사납다.

이런 꼴을 보면 안젤리카가 환멸하겠지.

그런.

혼자서 칙칙하게 웃으면서 고개를 옆으로 돌렸다가, 안젤리카 본인과 눈이 마주쳤다. 변기에 가만히 앉아서, 한참 볼일을 보는 중인 안젤리카와.

"……있었구나."

내가 중얼거리자, 소녀가 눈을 깜박거리며 대답했다.

"……있었어요."

갑자기, 말문이 막혔다.

사고 쳤다. 어젯밤에 그렇게 잘난 척 유닛 배스식 화장실(국내에서 일반적으로 사용하는 화장실과 세면실이 하나로 된 화장실. 참고로 일본의 집들은 화장실과 세면실(욕실)이 분리된 경우가 많다)의 단점에 대해 실컷 떠들어놓고 내가 이런 실수를 저지르다니.

내가 사는 방은 화장실 안에 욕조와 변기가 같이 들어가 있는 유닛 배스식이다. 들어와서 바로 오른쪽이 욕실, 왼쪽이 변기. 그 사이, 가운데에 세면대가 있다.

이런 환경에서 남녀가 같이 살면 사고가 일어나고도 남겠지.

예를 들자면 안젤리카가 샤워하는 중에 갑자기 볼일이 급해진 내가 침입한다든지. 안젤리카가 변기에 앉아서 속옷을 내리고 있는데 잠이 덜 깬 내가 얼굴을 씻으려고 들어온다든지.

그런 일은 피하고 싶잖아?

그래서 어제 저녁을 먹은 뒤에,

"누군가가 화장실에 있을 때, 다른 사람은 최대한 그쪽으로 가까지 가지 말자. 아빠하고 약속이다."

잘난 척 그런 소리를 했는데.

그래놓고 바로 다음날 이런 짓을 저질렀다. 바로 안 좋은 사례를 실천했다.

"미, 미안해. 일부러 그런 건 아니야."

안젤리카는 볼이 살짝 발그레해져서 손으로 사타구니를 가렸다.

훤히 드러난 허벅지가 눈부시다. 종아리와 발목은 가는데, 이쪽에는 살집이 있는 건가.

안 돼. 빤히 관찰하고 있을 때가 아닌데 나도 모르게 눈이 간다. 삐걱, 하고 경직된 목을 움직여서 고개를 돌렸다.

일단 시선을 돌리는 게 매너일 것 같아서.

"……봐도 되긴 하는데요, 대신에 나중에 용사님 것도 보여주세요."

"안 봐!"

그렇게 말하고 황급히 화장실 밖으로 뛰쳐나왔다.

졸졸졸하는 물소리가 들렸지만, 절대로 신경 쓰지 않기로 마음먹으며 잠옷을 벗었다.

나도 일을 보고 싶지만 지금은 참자. 틀림없이 오래 걸릴 테니까. 왜냐하면,

"흐앙…… 이, 이게 비데……! ……아, 앙, 뭐야, 이거 뭐야……."

어제 안젤리카한테 화장실 사용법을 가르쳐준 뒤로 계속 이러

고 있다. 변기에 앉을 때마다 의미도 없이 버튼을 눌러대며 논다. 오늘 아침엔 결국 그렇게 경계했던 비데 기능까지 도전한 것 같고.

저 상태면 한참 동안 안 나올 것 같으니까, 그냥 밖에서 일을 보고 올까?

아냐, 몇 분만 참으면 되겠지.

일단 수염이라도 깎자는 생각을 하고 면도기로 샥샥 수염을 깎고 있었더니 물 내리는 소리가 들렸다.

조금 지나서 후다닥 뛰어나오는 소리.

"역시 대단해요 용사님! 저거 아까처럼 연인이 쉬하는 모습을 보면서 목욕하기 위해서 만든 시설이죠? 용사님은 천재예요!"

그런 식으로 대단하다는 말은 듣고 싶지 않은데…….

하지만 빈말은 아닌 것 같기도 하고. 눈이 유난히 반짝거리는 걸 보면 진심으로 칭찬하는 것 같다.

"그런데 그 분수는 진짜 이상하지 않나요?"

"아, 비데는 좀 별로였구나. 처음에는 다들 놀라지."

"아니…… 반대예요. 너무 좋았어요. ……저건 세상을 어지럽히는 물건이에요. 난세를 불러올 거라고요"

안젤리카는 턱에 손을 대고 진지하게 생각하는 표정을 지었다.

나도 같이 팔짱을 끼고 비데 때문에 싸움이 벌어진 세상이 어떤 것인지 생각해봤다.

"그렇게 정확하게 기분 좋게 만들면, 완전히 중독돼버리는 여자들이 속출하지 않겠어요?"

"중독……."
"저는 엄격한 수행 덕분에 정조 관념이 넘쳐나니까 견딜 수 있거든요? 하지만 이쪽 세계의 일반적인 여자들은 과연 그 유혹을 이겨낼 수 있을까요……. 지금 이러고 있는 사이에도 함락당하는 여자들이 속출하고 있을지도 몰라요."
"호오."
"역시 제가 각지를 돌아다니면서 비데를 써보고, 너무 중독성이 강한 비데를 사냥한다든지."
"칼 사냥도 아니고 말이야. 그런 짓 하면 도요토미 비데요시라고 부른다. 그냥 여러 가지 비데를 써보고 싶어서 하는 소리잖아."
이게 영원한 처녀님이 하실 말씀이냐고. 너 정말 무녀 맞는 거냐.
이세계 놈들, 그냥 신분이 낮은 여자 하나를 적당히 잡아다 보낸 건 아니겠지.
잠깐 의심이 들어서 스테이터스를 감정해봤더니 틀림없는 신성 무녀였다. 게다가 능력치도 꽤 높고.

【이　름】　안젤리카
【레　벨】　30
【클래스】　신성무녀
【H　P】　600

【M　P】　　700
【공　격】　　250
【방　어】　　500
【민　첩】　　350
【마　공】　　700
【마　방】　　720
【스　킬】　　언어 이해, 감지, 법술, 파더 콤플렉스(육육)
【비　고】　　호기심도 성욕도 강하지만 남성 경험은 없다. 나카모토 케이스케의 몸을 노리고 있다.

알기 쉽고 한마디 하고 싶은 부분은 왠지 무서우니까 일부러 무시하기로 했다.

가장 먼저 눈길을 끄는 것은 신관직 치고는 파격적인 물리 스테이터스. 그러고 보니 이 녀석, 당황한 내가 꽤 힘을 줘서 밀쳤는데도 아파하지도 않았었지. 어지간한 전위 수준의 방어력이다. 그러면서도 후위에게 중요한 능력치는 하나같이 700이 넘고. 파티의 회복 담당을 맡기기에 딱 좋은 인재라고 할 수 있겠지.

문제는 현대 일본에서는 써먹을 데가 없는 능력치라는 점이지만. 죽을 정도로 다칠 기회는 거의 없고, 그런 일이 벌어진다고 해도 의료 관계자들이 열심히 치료해준다.

아, 하지만 심령 치료라고 사기를 치면 돈벌이로 써먹을 수 있을지도 모르겠네. 현대 의학으로는 흉터가 남을 수도 있는 상처를 아주 깔끔하게 치료해주면 떼돈을 벌 수도 있겠네.

나도 법술을 쓸 수 있으니까, 둘이서 의료 비즈니스를…… 안 돼, 이건 위험한 발상이다.

매일 그런 짓을 하면서 안 좋게 눈에 띄다 보면 이세계 때랑 똑같은 꼴을 당한다. 영웅이네 구세주네 추켜세우면서 귀찮은 일을 잔뜩 떠넘길 게 뻔하다고.

나도 학습이라는 걸 했다. 보통사람인 척하면서 평범하게 사는 게 제일이야.

그리고 평화를 유지하려면 귀찮은 일을 물밑에서 조용히 처리할 필요가 있고.

일단은 신경 쓰이는 것부터 따져볼까.

턱을 문질러서 덜 깎인 수염이 없는지 확인하며 화장실로 갔다.

"감지를 가지고 있었지."

마침 좋은 기회니까 물어보자. 볼일을 보고 손을 씻은 뒤에 안젤리카한테 물었다.

"잠깐 괜찮을까."

조금 거리가 떨어져 있어서 약간 큰 목소리로 말했다.

"뭔데요~?"

안젤리카도 마찬가지로 약간 목소리 톤을 높였고.

이런. 이렇게 크게 말하면 옆방까지 들릴지도 모르겠네. 뒤늦게 반성했다.

옆방인 203호실에는 성격이 깐깐한 할아버지가 살고 있다.

나이에 비해 귀가 좋은지 TV 소리를 너무 크게 키우기라도 하면 벽을 쾅쾅 두드려서 항의한다.

아침 댓바람부터 시끄러운 소리를 내서 어르신을 깨우기라도 하면 미안하니까 조금 조용히 하자.

나는 수건으로 물기를 닦고, 거실로 돌아와서 안젤리카 옆에 가서 앉았다. 옆집 사람한테 폐가 되니까 작은 소리로 말하자는 얘기를 먼저 한 뒤에 아까 하던 얘기로 돌아갔다.

"감지 스킬을 쓸 수 있다면 부탁할 게 있거든."

"수염 깎으셨어요? 아깝다, 까칠까칠해서 재미있었는데."

지금 내 말 듣고 있니?

그리고 왜 감촉을 알고 있는 거지?

내가 자는 사이에 만진 거야?

온갖 불안과 걱정을 마음속에 품고 계속해서 말했다.

"벌써 일주일 쯤 됐는데. 이 집 주위에서 계속 귀신이 나온다는 얘기가 있거든. 한 번 알아봐 줄 수 있겠어?"

하얀 옷을 입은 여자 망령이 나타난다. 그것이 이 집에서 가장 중요한 토픽이었다. 새해도 성인식 때도 아닌 엉뚱한 시기에 괴담 이야기로 꽃을 피우는 주민들의 모습을 볼 때마다 왠지 기분이 나쁘다.

"이쪽 세계는 영체가 돌아다니는 세계관인가요? 만약 그렇다면 매일 밤 같이 자고 화장실 갈 때 호위를 부탁드리고 싶은데요. 제가 이래 봬도 호러 내성이 제로거든요, 제로."

"안심해. 여기는 원래 유령도 정령도 없어. 게다가 마법도 존재하지 않는 차원이야. 뭐, 이건 신관장한테 들은 얘기지만."

"……재미없는 세계네요?"

"그만큼 기계공학이 발달했어. 네가 좋아하는 비데처럼."

"조, 좋아하는 거 아니거든요…… 그냥 보통이거든요."

안젤리카는 볼이 빨개져서 꼬물꼬물, 허벅지를 비벼대고 있다. 물이 닿았을 때의 감촉이 생각난 걸까.

"하지만 원래 유령이 없는 세계라면 굳이 조사할 필요가 있나요?"

"혹시 모르니까 말이야. 만약에 대비해서."

나는 근거도 없는 미신이나 오컬트는 믿지 않는다. 그래서 어제 안젤리카와 만났을 때는 이 녀석이 그 귀신의 정체가 아닌가 싶었다.

아, 이거였구나. 하면서.

틀림없이 며칠 전에 일본에 소환돼서 이 건물 어딘가에 숨어 있었을 것이다. 그러면서 내 방으로 침입할 틈을 엿보고 있었겠지. 아무리 봐도 일처리가 어설플 것 같은 성격이니까, 가끔씩 목격당하지 않았을까. 하늘거리는 판타지 의상이니까 외국인 귀신이라고 생각할 수도 있고. 자, 사건 해결.

뭐, 대충 이렇게 추리를 했었는데, 완전히 빗나가버렸다.

안젤리카의 말을 들어보니 내가 귀환하기 직전에 이쪽 세계로 소환됐다고 했으니까. 한마디로 아직 여기에 온 지 열 시간 정도. 그렇다면 일주일 전부터 귀신이라고 착각했을 가능성은 없다.

"아무튼 말이야, 부탁해도 될까? 사례는 생각해볼게."

"……데이트?"

"옷."

어차피 여자 옷이나 속옷을 준비해야 할 테니까.

어떻게 대답하건 원래 사려고 생각했던 물건들이다. 그것을 교섭 재료로 사용했으니, 나도 닳고 닳은 어른이다.

"음…… 상관은 없지만, 그 전에 하나 물어봐도 될까요."

"뭔데?"

"안젤리카라고 부르면 너무 길지 않은가요?"

집게손가락을 세워 보이며, 지금 중요한 말 했어요! 같은 표정을 짓는 안젤리카.

자기가 말해놓고 흥분했는지 얼굴이 약간 빨개졌다. 화장도 안 했는데 볼터치라도 한 것처럼 혈색이 좋네.

"……뭐라고 부르면 될까."

"저쪽에 있을 때는 안지나 안제라고 불렀거든요."

"그럼 안제로."

"바로 대답하시네요?"

솔직히 안지라고 하면 무슨 헐리우드 영화배우 같잖아(일본에서는 영화배우 안젤리나 졸리를 '안지'라는 애칭으로 부른다). 엄청나게 터프할 것 같아서 이미지에 안 어울린다고.

"이번엔 나도 하나 부탁할게. 날 부를 때는 확실하게 보호자처럼 불러줘. 지금도 또 용사님이라고 불렀잖아."

"이거 실례했네요. 제 마음속에서는 지금도 용사님이다 보니."

"그렇게 부르는 거, 별로 좋아하지 않거든."

안 좋은 기억만 떠오르니까.

"알겠어요……. 아빠."

"그래, 착하다. 안제."

호칭 문제를 해결했으니 바로 스킬을 써보라고 해야지.

【파티 멤버, 신성무녀 안젤리카는 감지 스킬을 발동.】

【스킬을 사용하는 동안 MP를 초당 3씩 소비합니다.】

눈앞에 나타난 창을 대충 읽으면서 안젤리카를 봤다.

현대 일본에 섞여 들어온 금발벽안의 무녀는 조용히 눈을 감고 걸음을 옮겼다. 방안을 오가면서 벽을 만지고 귀를 기울인다.

시간은 2, 3분정도 걸린 것 같은데, 꽤나 흥미로운 광경이었다.

이런 아이라도 눈을 감고 진지한 표정을 지으면 나름대로 신성한 느낌이 든다. 이건 새로운 발견이나.

나도 모르게 멍하니 쳐다보고 있었더니, 갑자기 안젤리카가 내 앞에 와서 앉았고, 눈을 떴다.

날 똑바로 쳐다본다.

긴 속눈썹에 둘러싸인 에메랄드 그린색 눈동자. 살짝 촉촉한 탓에 어린 주제에도 남자를 현혹하는 빛이 느껴진다.

갑자기 그런 게 눈앞에 나타나서, 나도 모르게 가슴이 두근거렸다.

"……아빠?"

"아, 미안. 어떻게 됐어?"

안젤리카는 눈살을 찌푸리고 사무적인 투로 말했다.

"이사를 검토하면 안 될까요."

소녀의 이마에 수많은 땀방울이 맺혀 있다.

이 짧은 시간 동안에 대체 뭘 찾아낸 걸까. 내가 묻자, 안젤리카는 팔을 문지르면서 말했다.

"인간이 아닌 것들이 우글거리고 있어요. 강한 악의도 느껴졌고요. ……이대로 가면 근시일내에 죽는 사람이 나오지 않을까 싶더라고요."

파랗게 질린 얼굴이 사태가 얼마나 심각한지를 말해주고 있었다.

——있다.

그냥 소문이 아니라 정말로 귀신이 있다. 그것도 「우글우글」이라는 표현을 사용할 정도로.

나는 왠지 모르게 천장의 형광등을 떠올렸다. 여름에 침입한 날벌레 시체가 잔뜩 달라붙어서 누렇게 변한 막대. 딱 저런 느낌으로 시커먼 유령들이 건물을 뒤덮고 있는 모습이 머릿속에 떠올랐다.

그것은 너무나 불길하고, 더럽고, 저주받은 느낌이다. 당장이라도 토할 것 같은 끔찍한 광경이다.

"악령 같은 거야?"

"거기까지는 모르겠어요. ——하지만 제 감지에 걸리는 건 사악한 것들이니까요."

악마라든지. 사령(死靈)이라든지. 사악한 신이라든지. 안젤리카는 손가락을 꼽아가며 떨리는 목소리로 말했다.

"저…… 여기 있기 싫어요."

그건 나도 마찬가지다.

귀신이 나온다고 판명된 집에 살고 싶은 사람이 있을까.

차라리 부모님 댁으로 들어가 버릴까 싶기도 했다. 사정을 설명하고, 안젤리카에 대해서는 적당히 얼버무리고. 둘이서 같이 부모님 집에 기생.

그것도 나쁘지 않겠지. 하지만 최선은 아니다. 나는 이 아이의 아버지가 되기로 결심했다. 도망치는 건 용납되지 않는다. 무서워하는 딸 앞에서, 아버지가 해야 할 행동은 뭘까?

"아빠한테 맡겨. 나쁜 놈들을 쫓아내는 건 아빠의 역할이니까."

힘차게 가슴을 두드려서 자식을 안심시켰다. 위협으로부터 지킨다. 그것이 지금 내가 할 수 있는 최선의 수단이다.

그렇게 정했으면 할 일은 하나. 손끝에 마력을 담아서 법술을 영창하기 시작했다.

중요한 것은 이미지다. 빛나는 실로 방 전체를 덮어서 성스러운 고치를 만든다. 머릿속에서 그런 영상을 재생하면서 정신을 집중한다.

—세이크리드 서클.

내가 외운 주문에 바로 내 뜻을 반영한다. 안젤리카를 지켜라.

마력은 기계적으로 응답했고, 옅은 빛이 소녀 주위를 감쌌다.

"우와?! 자, 잠깐만요! 괜찮거든요! 이렇게까지 안 해도 돼요!"

시끄럽게 떠드는 안젤리카를 방치하고 계속 마력을 보냈다.

이것은 지정된 인물로부터 반경 300미터 가량의 지역을 온갖 위협으로부터 방어하는 결계 마법이다. 망령 놈들은 내 마력에 의해 날아가고, 당분간은 안젤리카한테 접근하지 못할 것이다. 그다음에는 저승길을 떠나건 어디선가 다른 표적에 달라붙든지 하겠지.

어디까지나 '당분간은'이지만.

그래봤자 결계다. 좀 유치하게 표현하자면 「끝내주는 벌레 쫓는 스프레이」같은 것이다. 파리가 잔뜩 꼬인 시체에 이런 걸 뿌려봤자 그냥 시간 벌기에 불과하다. 어디엔가 있는 귀신의 근원을 끊어버리지 않으면 또 비슷한 일이 일어나겠지.

왜 나타났을까? 어디서 나타났을까? 그걸 특정하지 않으면 근본적인 해결까지는 도달할 수 없다.

……뭐, 지금 당장은 짐작도 못 하겠지만.

근처에 있는 묘라도 조사해보면 되려나. 어딘가에 귀문(鬼門)이라도 뻥 뚫려 있는 게 아닐까. 생각하고 싶지도 않지만, 저주의 비디오 같은 게 돌아다녀서 아무리 해치워도 끝이 없는 일일 수도 있다.

재패니즈 호러 종류만은 사양하고 싶은데…… 그렇게 한숨을 쉬고 있는데, 안젤리카가 뭔가 이상해졌다. 뭐, 처음부터 이상하기는 했지만. 어쨌거나 여자아이처럼 얌전하게 앉아서 고개를 숙이고, 얼굴이 새빨개져서 머리에서 김이 올라오고 있는 걸 보면 다른 세계 사람이라는 뜻이겠지. 여기서 말하는 다른 세계란 안젤리카가 살던 이세계라는 뜻이 아니다. 넌 대체 어느 러브코미디 세상에서 튀어나온 거냐, 라는 뜻이다.

내가 뭔가 창피해할만한 일을 했던가?

"왜 그래 안제?"

"그게, 아빠."

안젤리카는 두 손으로 얼굴을 가리고 황홀한 표정을 짓고 있다. ……그런 눈으로 보지 마. 그거 색욕을 밝히는 여자의 얼굴이거든.

"……아까 그거, 세이크리드 서클이죠."

"그래. 그런데 법술 정도는 안제도 쓸 수 있잖아. 그게 그렇게 신기해?"

"그야 누구나 아는 유명한 마법이지만……. 근데 이거, 전쟁터에서 대장을 지킬 때라든지, 그럴 때 마력을 있는 대로 쏟아부어서 쓰는 거잖아요. 쓴 사람 마력이 다 떨어져서 쓰러지기도 하는."

"흔히 있는 사고지."

내 경우에는 하루에 열 몇 번 정도는 여유 있게 쓸 수 있지만.

"아으으으으으으으."

"그래서, 왜 그런 것 가지고 머리를 쥐어뜯는 건데."

차가운 눈으로 목까지 새빨개진 기묘한 생물을 쳐다봤다.

“제가 지금 어떤 기분이냐면 말이죠. 넘어져서 무릎이 까졌을 뿐인데 공주님처럼 안아서 침대로 데려가서는 하루 종일 열심히 간호해준 것도 모자라서 나라에서 제일가는 의사를 불러왔다, 같은 기분이라고요.”

“뭐야 그게.”

“과보호라고요! 왜 갑자기 그런 큰 기술을 쓰는 건데요!”

그야, 난 네 부모니까. 아빠라면 이 정도는 당연한 일이잖아. 무엇보다 나한테는 그렇게까지 큰 기술이 아니지만, 이건 굳이 말할 필요는 없겠지.

그리고 말할 수도 없고. 그 말을 듣고 나도 조금 창피해졌기 때문이다. 아침 댓바람부터 엄청나게 사랑받는다고 착각할 만한 짓을 저지른 건가. 안젤리카 녀석 얼굴이 완전 멍~ 해졌네.

뭐, 미움받는 것보다는 낫겠지. 뭔가 치명적인 연애 트리거를 빵, 하고 당겨버린 것 같은 기분도 들지만, 일단은 괜찮은 일이다. 계속 저런 눈으로 쳐다보면 내 이성이 얼마나 버틸지 불안하기는 하지만.

“너무 신경 쓰지 마. 이런 것도 부양 의무의 일환이야.”

나는 부끄러움을 감추면서 부엌으로 갔다. 안젤리카가 더 이상 똑바로 쳐다보면 거기에 휩쓸려서 이상한 분위기가 될 것 같으니까. 이럴 땐 도망치는 게 제일이다.

고개를 열심히 저어서 번뇌를 날려버리고 아침 식사 준비를 시작했다. 어제저녁은 일본식이었으니까 오늘은 서양식으로 하자. 냉장고에서 비엔나소시지와 냉동 치킨을 꺼냈다. 고양이처럼 달라붙는 안젤리카의 방해를 받으며 전자레인지에 넣고 돌렸다.

겨우 몇 분밖에 안 걸리는 음식이기는 하지만, 거기다 빵과 샐러드에 우유까지 추가하면 충분하겠지.

"와. 오늘은 그쪽 나라 음식이랑 비슷하네요."

"마침 잘 됐다. 전자레인지 사용 방법도 가르쳐줄게."

깜짝 놀라는 안젤리카에게 전자레인지와 냉장고에 대해 설명해줬다. 눈앞에서 음식을 가열하면서 직접 보여줬다. 처음에는 고개를 갸웃거렸지만 최종적으로 "이쪽 세계의 아티팩트군요"라면서 납득한 것 같다.

"많이 만들었으니까 남은 건 점심으로 먹고. 알았지? 아까 가르쳐준 대로 이 상자에 집어넣고 버튼만 누르면 데워지니까."

동물이 몇 분 만에 죽을 정도의 열선이 나오니까 먹을 것 말고는 절대로 넣지 말라고 주의를 줬다.

그랬더니 안젤리카는,

"드래곤 브레스급의 열선이 이런 상자에……?!"

후다닥, 뒤로 물러났다

"호아아…… 워터 브레스를 토하는 화장실에 살인 광선이 나오는 조리 상자…… 이런 환경에서 자라서, 아빠가 최강의 용사가 됐구나……."

두려움과 존경이 섞인 눈빛을 받으며, 나는 접시와 잔을 탁자 위에 내려놨다.

“다 됐다.”

둘이 마주앉아서 ‘잘먹겠습니다’. 또 떠들썩한 식사가 시작했다.

일본의 짝퉁 양식이 입에 맞으면 좋겠는데. 빵을 입에 물면서 은근슬쩍 안젤리카를 관찰했다.

“음. 부드럽다~”

황홀하게 웃는 얼굴. 아무래도 마음에든 것 같다. 꽤나 순조롭게 부모 자식이 돼가는 게 아닌가 싶다.

“맛있어?”

안젤리카는 고개를 끄덕끄덕. 귀엽다.

“아빠, 상냥해. 나…… 역시 아내가 되고 싶다~.”

요염한 눈으로 날 쳐다보다니. 그만두지 못할까. 남은 아버지 모드에 들어갔는데, 이게 무슨 짓이냐.

동요해서 사레가 들릴 뻔했지만, 간신히 삼키면서 식사를 마쳤다.

재빨리 설거지를 마치고 몸가짐을 다듬기 시작했다.

손톱 깎기. 아르바이트라고는 해도 일단은 음식점에서 일하는 몸. 이런 위생에 관한 부분은 점장이 귀에 못이 박히도록 주의를 줬다. 남자가 머리를 길게 길러도 안 되고, 수염도 기르면 안 된다. 손톱은 매일같이 “짧게 자르고 왔냐?”라면서 체크한다. 식중독을 방지하기 위해서라고는 하지만 꽤 귀찮은 일이다.

나는 신중하게 손톱깎이를 대고 딱, 딱 소리를 내면서 잘라나갔다. 끝의 하얀 부분이 전혀 보이지 않도록. 마무리로 손톱깎이에 달려 있는 줄을 이용해서 자른 부분을 매끄럽게 다듬어준다.

안젤리카가 이걸 보고 무슨 생각을 할지 약간 걱정이 되기는 한다. 남자 주제에 신경질적으로 손톱 손질이나 하다니, 재수 없어! 라고 생각하지나 않으면 좋겠는데.

슬쩍, 곁눈질로 눈치를 봤다. 정작 안젤리카의 반응은,

"……저기요. 손톱을 짧게 깎았다는 건, 그러니까, 오늘 밤에 기대해도 된다는 거죠……?"

그냥 발정 난 암고양이였다. 기우였다. 여러모로 글러 먹었다.

이런 녀석이 여태까지 잘도 신성 무녀 일을 해온 게 신기할 따름이다. 더는 도저히 못 해 먹을 것 같다는 걸 자각해서 나한테 왔는지도 모르겠네.

그런 시시한 생각을 하면서 안젤리카와 잡담을 나눴다. 일본의 지식을 가르쳐주고, 이쪽 세계의 옷이 준비될 때까지는 밖에 나가면 안 된다는 등의. 귀신 소동에 대해서는 시간이 나면 둘이서 조사해보자는 제안도 하고(눈물을 글썽이며 거부했지만).

그나저나 이거 큰일이네.

젊은 애랑 얘기하다 보니 조금 즐거워졌다. 아무튼 힘이 넘치니까. 시시한 농담에도 깔깔 웃어주고. 신체 접촉도 해오고.

업소에 빠지는 아저씨들 기분을 알 것도 같다. 이거 참 큰일이네. 눈을 살짝 치켜뜨고 "아빠~"라고 불러주는 목소리에 이렇게나 중독성이 있을 줄이야.

"아빠~ 아빠~ 아빠~ 아빠~."

"내가 좋아한다고 그렇게까지 불러대지 않아도 되거든."

그러는 사이에 여덟 시 반이 됐다. 오늘 아르바이트 근무 시간은 오전 아홉 시부터 오후 세 시까지. 아쉽지만 슬슬 집에서 나가야 할 시간이다.

"슬슬 나가야겠네. 일해야 하니까."

"에~ 저랑 놀아요~. 놀아줘요~. 혼자 있기 싫어~."

"일해야 한다고. 이건 이해해줘."

"우~ 어쩔 수 없네요. ……그래요, 어쨌거나 아빠는 원래 용사님이었으니까. 틀림없이 사람들이 필요로 하는 훌륭한 일을 하고 계시겠죠!"

"무, 물론이지. 사회의 근간과 아주아주 깊이 관계된 직종이야!"

"우와!"

군인인가요? 의사인가요? 아니면 임금님? 눈이 반짝반짝 빛나면서 묻는 안젤리카에게, 라멘 가게에서 허드렛일이나 하고 있다는 말은 차마 할 수가 없어서.

"4천년의 역사를 가진 나라로부터 물려받은 기술을 이용해서 사람들의 생명 활동을 유지하게 해주는 장인의 조수 일을 하고 있지."

그런, 거짓말은 아니지만 과대한 표현을 이용한 말로 얼버무렸다.

"역시 아빠는 이쪽 세상에서도 위대한 사람이었구나……!"

"……언어 이해 스킬은 있지? 혼자 있는 동안 책이라도 읽으면서 시간을 보내."

“예!”

안젤리카는 고개를 끄덕끄덕. 이런 동작을 하면 여자보다 어린애 부분이 더 크게 드러나서 흐뭇한 기분이 든다. 나도 모르게 머리를 쓰다듬어주고 싶어지지만, 실제로 그런 짓을 하면 미움받는 아저씨가 되는 지름길이라는 얘기를 들었다.

스킨십은 여자가 먼저 해올 때 말고는 하면 안 되겠지. 세상 참 힘들다.

“감지해준 답례도 있으니까, 옷이나 먹을 것 사가지고 올게.”

그러니까 내가 할 수 있는 일은, 선물로 애정을 표현하는 전형적인 우리 아버지들 같은 행동뿐.

계속 그런 과격한 의상을 입고 있으면 어디를 봐야 할지 모르겠다는 절실한 이유도 있고 말이야. 빨리 차분한 옷을 사주지 않으면 내 심장이 못 버틸 것 같다.

“일찍 오세요.”

“그래.”

할 말은 다 했으니 현관으로. 몸을 숙이고 신발을 신고, 기합을 넣었다.

좋았어. 오늘은 접시를 한 장도 안 깨트릴 거야, 라는 글러먹은 종업원다운 생각으로 기합을 넣었다.

……빨리 다른 일을 찾아야겠다.

암담한 기분으로 신발 끈을 묶고 있는데, 안젤리카가 내 옆에 와서 앉았다.

“안제?”

고개를 돌렸더니 기습 뽀뽀가 날아왔다.

쪽, 하는 촉촉한 소리. 입술이 아니라 볼이었지만 효과는 엄청났다.

"다녀오세요, 아빠."

그래.

힘내자. 언젠가 내 가게를 열고, 역세권에 건물을 세우자.

머릿속에 단순해진 나는 신나는 기분으로 집을 나섰다.

제3장 CHAPTER 3

그렇게 맹세를 했지만, 결국 접시를 네 장이나 깨 먹고 말았다. 진짜 미치겠네.

뭐, 이번에는 나 말고 다른 원인도 있었지만.

쌓인 그릇들을 다 씻지도 않았는데 점장이 설거짓거리를 계속 쌓아놨기 때문이다. 그 그릇들이 쓰러지면서 대참사가 벌어진 것이 오늘의 원인.

내 손이 느린 탓도 있지만, 제일 큰 원인은 사람이 부족한 탓이겠지. 지난주에 아르바이트 한 명이 그만뒀다. 그래서 지금까지 네 명이 일하던 가게를 세 명이서 꾸려가고 있고. 그렇게 되면 어디선가 문제가 발생하는 건 당연한 일이고, 결국 설거짓거리가 산더미처럼 쌓이는 사태가 벌어진 것이다.

점장이 "너무 느려. 바꿔"라고 해서 설거지를 교대했지만 결국 대책이 없었고. 점원의 포지션을 바꿔도 같은 문제가 벌어진다면 단순히 사람이 부족한 것이다. 이건 인사를 관리하는 측의 책임이겠지.

하지만 솔직하게 실수를 인정하지 않는 것이 이 점장이라는 사람의 성격. 하나부터 열까지 다 내 탓으로 돌리고 손님 보는 앞에서 소리를 질러댄다. 항상 하던 대로.

"너 대체 무슨 생각이야? 응? 가게 망하게 할 생각이냐?"

죄송합니다, 라는 말만 하고 가만히 야단을 맞았다.

하지만 머릿속에서는 안젤리카의 웃는 얼굴이 풀스크린으로 상영되고 있었다. 덕분에 전혀 기가 죽지 않았다. 옆에 있는 사람이 뭔가 시끄럽게 떠들고 있지만, 팝콘은 맛있고 주인공 여자애는 귀여운 최고의 기분이다.

이것이 사랑하는 딸의 힘인가.

라멘 가게 주방에서 살찐 아저씨한테 욕먹는 중이라는 걸 믿을 수 없을 만큼 행복하다.

아빠 열심히 할게. 이딴 가게 금세 그만두고, 내 능력을 살릴 수 있는 일을 찾아야지. 이번 달 월급을 받으면 바로 때려치우고 열심히 헬로 워크(일본의 취업 알선 업체)에 드나들어야지. 그게 가장의 책임이니까.

"나카모토! 넌 평생 가장이 못 될 놈이야. 너 같은 놈은 나중에 고독사나 할 거라고. 냄새나는 썩은 시체가 돼서 죽은 뒤에도 다른 사람들한테 민폐나 끼칠 놈이야. 내 말이 틀렸냐? 오늘은 그만 들어가. 그 얼굴만 보면 때리고 싶어지니까."

나도 문제가 많은 점원이지만 점장의 발언도 도를 넘은 것 같다.

말이 험한 탓에 아르바이트 할 사람을 찾으려고 해도 오지를 않아서, 결국 나 같은 놈을 고용하게 된 주제에. 블랙 경영자에 블랙 종업원, 아주 잘 돌아간다.

일단은 거둬준 것 자체는 고맙게 생각하기 때문에 말대답은 하지 않았다. 시키는 대로 탈의실로 가서 유니폼을 벗었다. 시계를 보니 아직 낮 12시도 안 됐다.

선물을 고를 시간이 늘었다고 생각하자. 타임카드를 찍고 예정보다 한 시간 일찍 퇴근.

기지개를 켜면서 쌀쌀한 길을 걸어갔다.

목적지는 가장 가까운 편의점. 안젤리카 줄 선물을 사야지. ATM에서 돈을 뽑고, 옷하고 먹을 것을 사서 집에 가자.

틀림없이 기뻐할 거야. 아빠 사랑해~ 라고 하겠지. 뭐, 아무것도 안 해줘도 그런 말은 하겠지만.

얼굴이 헤벌쭉해져서 걸음을 옮겼다. 그리고 중간에 한 가지 문제를 깨닫고 발을 멈췄다.

내가, 여자 옷을 산다. 그 말은, 속옷도 사야 한다는 뜻이다. 아니, 그걸 제일 먼저 사야겠지. 위생과 관계된 일이니까. 안젤리카 녀석, 벌써 이틀이나 같은 팬티를 입고 있잖아.

그런데, 아무리 생각해봐도…… 살 수 있을까? 서른이 넘은 내가, 여자 속옷을?

어지간한 편의점에서는 다 팔기는 하지만, 그건 엄청난 용기가 필요한 일이다.

점원분이 대체 뭐라고 생각할까. 여자 친구나 부인 거라고 해석해준다면 고맙겠지만, 만약 그렇지 않은 경우에는?

『으아, 봤어? 저 아저씨, 여자 팬티 샀어.』

『저질. 보나 마나 자기가 입거나 머리에 뒤집어쓰려고 샀을 거야.』

『진짜 변태다. 여장인가 하는 그건가? 틀림없이 원래 소환된 용사였을 거야. 그리고 지금은 접시 깨기 명인이라고 불릴 테고. 우와~ 기분 나빠.』

이건 빡센 정도가 아니다. 약간 이상한 피해망상도 섞여 있기는 하지만, 그만큼 궁지에 몰렸다는 증거다.

어쩌지? 가게에서 사는 게 무리라면 인터넷으로 주문할까?

하지만 그렇게 되면 빨라야 내일이나 도착할 테고. 예쁜 고양이처럼 귀여운 딸이다, 1초라도 빨리 청결한 속옷을 입혀주고 싶은 게 사람 마음 아니겠어.

사람 마음, 이라. 나도 꽤나 중증의 딸바보 아빠가 돼버렸네.

딸바보면 어때. 나는 최악의 형태로 엘자를 잃었고, 그것과 바꿔서 「부성」 스킬이라는 것을 획득한 남자. 딸바보 아빠가 돼도 좋잖아. 그래. 이번에야말로 제대로 된 아빠가 되기로 결심했으니까.

빨리 편의점에서 살 것 사고, 그 다음에 옷가게에 가자.

마음을 다잡고 다시 걸음을 옮겼다.

수백 미터 정도 걸어갔을 때 어제 그 오락실이 보였다. 도촬범으로 오해받은 끝에 이상한 이름의 고등학생을 때리게 됐던 그 오락실.

입구 앞을 지나가는데 윙~ 하고 자동문 열리는 소리가 들렸다. 안에서 여고생 한 명이 나온다. 길게 늘어트린 검은 머리카락에 세련된 분위기의 옆얼굴. 단추를 푼 블레이저 재킷에 치마는 무릎 높이.

"아."

어제 그 실금했던 애. 리오인가 하던 여자애다.

"……."

나와 눈이 마주쳤다. 뭐지. 원망이라도 하려나, 아니면 친구들 불러서 보복이라도 하려나. 어느 쪽이건 오래 있어봤자 좋은 일은 없을 것 같으니까, 빨리 가버리는 게 좋겠지.

나는 리오한테서 눈을 돌리고 빠른 걸음으로 걸어갔다.

그나저나 정말 아까운 여자애네.

가만히 있으면 정말 예쁘고 갸루처럼 보이지도 않는데. 외모만 보면 반에서 인기도 좋을 것 같고. 그런데 그런 라이언 네임을 가진 불량한 남자랑 어울리고 있으니 말이야. 돼지 목에 진주목걸이도 정도가 있지.

내가 뻔뻔하게 무례한 생각을 하고 있는데, 뒤에서 여자애 신음소리가 들려왔다. 지금까지 전력 질주했다, 같은 느낌의.

"……잠깐…… 당신, 걸음, 너무 빨라……."

리오다. 또 뒤쪽에서 날 불렀네. 그런 생각을 하면서 고개를 돌렸다.

"뭐야? 복수라도 하려고?"

"그런 건, 아니고……."

어쨌거나 말하기도 힘들어 보여서 숨을 고를 때까지 기다려줬다.

리오는 한참 동안 숨을 헐떡거렸지만, 점점 진정됐다. 그리고는 헝클어진 머리카락을 쓸어 올리고는 내 소매를 꼭 붙잡았다. 절대로 놓치지 않겠다는 생각이 그 손에서 전해졌다.

"당신, 대체 뭐야? 절대로 보통사람이 아니지. 레오는 어제

맞은 상처가 금세 다 나았고, 이빨도 전부 새로 났단 말이야."

레오…… 라면 그 킹레오 말인가. 내가 회복마법을 걸어준 건 그 꼬마밖에 없으니까.

"그거야 뭐, 야생의 힘이겠지. 백수의 왕이라서 재생력도 엄청난 게 아닐까."

"헛소리하지 말고. 그거, 그쪽이 그런 거잖아."

그렇구나. 의문의 재생 현상이 신경 쓰여서 범인으로 추정되는 나한테 말을 걸었다는 건가. 이상하게 배짱이 좋아도 해야 할까. 호기심을 이기지 못한 게 아닐까?

"꼰대…… 아저씨, 초능력자지."

대답할 의무는 없다. 안젤리카도 기다리고 있으니 빨리 가야지.

나는 손을 뿌리치고 다시 걸어가려고 했다.

하지만 리오는 포기하지 않고 필사적으로 매달렸다.

"잠깐만…… 사과할게! 어제 일은 전부 실수였어! 인정할게요. 죄송해요."

사람들 앞에서 홱, 하고 고개를 숙였다. 각도는 멋진 90도.

제발 그러지 말아 줄래?

젊은 여자애가 다 큰 아저씨한테 그런 짓을 하면 무슨 사정이 있건 간에 내가 나쁜 사람처럼 보이니까.

"고개 들어. 나한테 무슨 볼일인데? 나 바쁘거든."

리오는 어깨를 들썩일 정도로 숨을 쉬며 고개를 들었다. 동정을 유발하는 눈이다. 이런 표정을 지으면 엘자와 정말 많이 닮았다. 내 머릿속에서 데자뷔가 스멀스멀 퍼져나간다.

"레오, 구해줬으면 싶어서."

엘자가 아닌 소녀가 힘겹게 짜내는 것 같은 목소리로 말했다.

"남자친구를 치료해달라고 이렇게 말을 걸었다는 거야? 정말 대단하네."

"……레오는 남자친구 아냐. 오빠야."

"남매? 안 닮았는데."

"당연하지. 아빠가 다르니까."

복잡한 집안 사정이 있는 건가. 그것 때문에 비뚤어진 건지도 모르겠네.

"믿기 힘들겠지만, 그 녀석 이빨은 그냥 둬도 전부 새로 나올 거야. 그냥 놔두면 돼. 안정이나 취하게 하고. 그럼."

"아냐, 이빨이 아니라……! 그쪽은 그냥 둬도 나을 것 같으니까, 걱정 안 해."

그럼 뭔데? 약간 짜증을 내면서 물었다.

"아저씨, 힘세잖아. 게다가 이상한 힘까지 쓰고. 혹시 사람이 아닌 뭔가 아냐? 뭐든 상관없지만, 어쨌거나 아저씨밖에 못 하는 일이니까, 그래서 계속 찾아다녔어."

"……자리 옮기자."

다른 사람들이 보는 곳에서 내 능력에 대해 줄줄이 떠들어대면 사람들이 무슨 일인가 쳐다봐서 마음이 불편하다.

어제와 반대로 내가 앞장서서 리오를 오락실 뒤쪽으로 데려갔다. 고등학생 상대로 무쌍을 펼쳤던 그 고가철로 아래의 무인지대로. 그런 데 가는 건 불량소년들이나 고양이밖에 없을 테니까. 게다가 그중에 하나는 어제 내가 처리했고.

다른 사람은 없겠지?

약간 불안해하면서 도착해보니, 미리 짜기라도 한 것처럼 아무도 없었다. 비밀 이야기를 하기에 딱 좋은 곳이다.

철망에 등을 기대고 서서 리오와 마주 봤다.

매끈한 검은 머리카락을 바람에 날리며 주머니에 손을 찔러 넣고 서 있는 요즘 스타일 여고생. 이렇게 정면에서 보니 몸매도 좋다. 키는 딱 170센티미터인 나보다 약간 작은 정도. 165 정도가 아닐까. 얼굴도 작은 게 모델을 해도 될 것 같은 외모다.

"저기."

리오가 입을 연 순간, 발밑에 있는 검은 얼룩이 눈에 들어왔다.

"딱 저기서 소변 지렸었지. 저 물웅덩이, 네가 만든 그거 아냐?"

"으아아아아아아아아아아아!"

쿨 뷰티로 보이는 얼굴을 일그러트리고, 리오가 맹렬한 기세로 땅바닥을 비벼대기 시작했다. 흙먼지를 날리며, 모래와 자갈로 물웅덩이를 덮어버렸다.

"헉…… 헉……."

어깨까지 들썩이는 리오. 아무래도 작업은 끝난 것 같다.

반짝이는 땀방울을 날리며 몸을 빙글, 하고 이쪽으로 돌렸다.

정말로 상쾌한 얼굴이다. 마치 청량음료 광고에 나오는 젊은 여배우 같은. 교복 차림으로 열심히 달린 뒤에 페트병 음료를 마시면서 상품 이름을 말하는 느낌의 그런 광고. 아무리 봐도 소변의 뒤처리를 한 소녀의 얼굴로 보이지 않는다.

리오는 표정을 그대로 고정한 채, 아무 일도 없었다는 듯이 말을 걸어왔다.

“본론으로 들어가도 돼? 레오가 지금 큰일이 났거든.”

“다리 힘이 엄청난데.”

“본론으로 들어가도 돼?”

“부끄러운 일도 아니잖아. 그냥 생리현상인데.”

“본론으로 들어가도 돼?”

“얼굴이 새빨간데. 너 도둑 잡기 게임 못하지?”

“본론으로, 들어가도, 돼?”

결국 눈물을 글썽이고 어깨까지 부들부들 떠는 걸 보고 그만 괴롭히기로 했다.

“그 라이언 군이 어떻게 됐다고?”

리오는 헝클어진 머리를 손가락으로 빗질해서 고르며 대답했다.

“엄마 남친이랑 싸웠어.”

엄마 남친. 이 한마디로 가정환경이 얼마나 엉망인지 연상할 수 있는 무시무시한 말이다.

물론 연애는 엄마 자유다. 이혼하거나 사별해서 독신이라면 새 연인을 만드는 것도 이상한 일은 아니겠지.

하지만 리오네 가정은 사전 정보 자체가 일단 끔찍했다. 이상한 이름 때문에 어긋난 장남에 아빠가 다른 딸. 이것들을 합쳐보면 연상되는 것은 훈훈한 홈드라마가 아니라 범죄 서스펜스다.

“너희 어머니는 이혼한 거야? 그래서 새로운 아버지 후보로 남자친구를 데리고 왔지만 킹레오 군하고는 잘 맞지 않았다. 그런 건가.”

최대한 좋은 쪽으로 생각해서 말을 던져봤다.

그랬더니 돌아온 대답은,

“대충 맞기는 한데, 그 아빠 후보가 문제야. 등에는 문신이 있고 왼손 새끼손가락이 없거든. 역대 최악의 상대야.”

너무나 불온한 답변이었다. 범죄 서스펜스가 아니라 조폭물이었나.

“우리 엄마도 문제야. 대충 4년에 한 번꼴로 사귀는 남자가 달라져. 무슨 올림픽도 아니고, 바보처럼.”

“듣는 내가 다 괴롭네.”

“게다가 내가 중학교 들어갔을 때부터, 엄마가 데리고 온 남자들이 날 징그러운 눈으로 쳐다봤어.”

“이제 그만 해.”

안 좋은 예감만 든다. 설마 ‘나 지금 조폭의 장난감이거든. 한 번에 2만이면 되는데, 아저씨도 할래?’ 같은 소리는 안 하겠지.

“하지만, 레오가 있으니까.”

“……그 녀석이?”

“엄마랑 사귀는 사람이 나한테 무슨 짓을 하려고 들면, 그때마다 레오가 달려들어서 때려줬거든. 예전부터 덩치가 컸으니까. 아저씨한테는 졌지만, 싸움도 정말 잘해. ……레오가 열심히 해준 덕분에, 난 지금까지 아무렇지도 않았어.”

전부 오빠 덕분이라고, 리오가 중얼거렸다.

"의외인데. 그냥 못된 꼬마인줄 알았더니, 제대로 된 오빠였잖아."

"공부는 못 하고 이름도 이상하지만, 나한테는 꽤 좋은 오빠야."

남자들이 노리기 쉬운 미소녀 여동생. 동생을 아끼고 싸움을 잘하는 오빠. 엄마의 새 교제 상대는 도덕성이라고는 쥐똥만큼도 없는 조폭 관계자. 이 조합에서 가장 사망 확률이 높은 사람은?

굳이 물을 필요도 없이 오빠다.

"레오, 죽을지도 몰라."

리오의 목소리는 떨리고 있었다.

"지금 엄마가 사귀는 조폭…… 곤도라고 하는데, 완전히 미친 놈이야. 오늘은 집에 들어오자마자 내 치마를 들쳤고 말이야.

곤도가 모친과 사귀기 시작한 건 약 일주일 전이라고 했다.

"곤도는 완전히 아빠 행세를 하고 있지만, 내가 옷 갈아입을 때 몰래 엿보고 괜히 어깨도 주무르고. 하다 하다 핸드폰으로 치마 속 사진까지 찍으려고 들고. ……몇 번이나. 집안에서 그 『찰칵』 소리가 날 때마다 깜짝깜짝 놀라. 이대로 가다간 내가 미쳐버릴 것 같아."

——그래서였구나.

이제야 어제 리오가 한 행동이 이해가 됐다. 나는 그런 애 옆에서 스마트폰 화면 스크린샷을 찍었으니까.

리오 입장에서는 원래 셔터 소리에 예민해져 있는 상황인데, 바로 옆에서 트라우마의 요인이 된 소리가 들려왔으니까. 그래서 자기도 모르게 과잉반응을 했고, 동생을 지키려는 의욕이 넘쳐나는 양아치 오빠까지 튀어나와서 폭력사태로 발전.

동기는 뭐, 이해했다.

그런데 이거, 만약에 내가 약했으면 오해받고 얻어맞는 걸로 끝났을 일이잖아. 애당초 내 폰을 확인해서 도촬을 했는지 안 했는지 봤으면 될 문제인데 말이야. 저장된 사진들만 보면 간단히 해결될 문제인데. 혈기가 너무 넘쳐서 벌어진 일이였고, 아직 동정할 정도까지는 아니라고 보는데.

"그 곤도인가 하는 야쿠자랑 킹레오 오빠가 싸웠다는 거야?"

"……맞아. 그 자식이 또 날 건드리려고 했거든. 레오가 덤벼들어서 주먹질을 벌였지. 평소 같았으면 레오가 질 리가 없지만, 아저씨 때문에 이가 전부 날아갔잖아. 그래서 힘이 안 들어갔는지 일방적으로 맞았어. 그런 레오는 처음 봤어."

"나 때문인가……. 난 오해 때문에 뭇매를 맞을 뻔했거든? 정당방위잖아."

"아저씨 때문이야."

평소 같았으면 레오가 질 리가 없다고. 그렇게 말하면서 콧방귀를 뀌는 리오의 눈가에 눈물이 맺혀 있다.

"나한테 뭘 어쩌라는 건데? 킹레오 군을 치료라도 해주라는 거야?"

레오는 두 손으로 눈을 가린 채 고개를 저었다. 콧물 들이키는 소리도 난다.

"레오…… 끌려갔어."

어디로? 라고 묻자, 리오가 「사무실」이라고 대답했다.

점심때쯤에 곤도가 또 킹레오를 때렸고, 그 꼬마가 움직이지 못하는 걸 확인하고는 짐짝처럼 차에 실어버렸다는 것 같다. 사무실에 간다는 말만 남기고 그대로 출발해버렸고.

"그 정도면 이미 죽지 않았을까."

"안 죽었어!"

새빨간 눈으로 반론했다. 단정한 얼굴과 눈물의 조합이 내 마음을 술렁이게 했다.

"사정은 알겠는데, 일단 경찰에 신고하는 게 어때."

"했어. 그런데 경찰이 곤도 이름을 듣자마자 『아버지한테 잘 해드려』라고 말하고는 전화를 끊어버렸어……. 이 근처 경찰들, 곤도네 조직이랑 친한가 봐. 유착인가 하는 그거."

썩을 대로 썩었네. 어질, 하고 현기증 같은 기분이 들었다. 내가 이세계에서 치트 용사질이나 하는 사이에, 이 나라는 대체 어떻게 돼버린 거야? 아니면, 옛날에도 이랬던 건가?

"한마디로 그건가. 너는 의문의 파워를 쓸 수 있는 엄청나게 센 나한테 오빠 구출과 치료를 부탁하고 싶다는."

"……응."

"지금 당장 조폭 사무실로 쳐들어가라는 그런 얘기지."

"……안 될까?"

당연하지, 라고 대답했다.

"나한테 무슨 득이 되는데? 의미도 없이 반사회 세력한테 찍히게 되잖아. 무엇보다 내 입장에서 보자면, 너희 남매는 갑자기 나한테 시비를 걸었던 망할 애들이라고. 도와줄 이유가 어디 있어."

"그건…… 정말…… 미안해……."

"애당초 이 얘기가 사실이 아닐 수도 있잖아. 어제 있었던 일 때문에 보복하고 싶어서 지어낸 말일 가능성도 있고. 날 부추겨서 아무 상관도 없는 조폭이랑 싸우게 만들려고. 어때, 있을 수 있는 얘기잖아? 자기 힘으로는 못 이기니까, 다른 사람한테 날 괴롭히려는 꿍꿍이로."

"그런 거, 아냐."

리오는 눈물을 글썽이면서 "어떻게 해야 믿어줄 거야?"라고, 힘없는 목소리로 물었다. 고개를 살짝 숙이고 눈을 치켜뜬 표정에서 위험한 매력이 느껴진다. 연약한 때문에 더 강조되는 아름다움. 칼날처럼 날카로웠던 어제하고는 또 다른 사람 같다. 오빠를 생각하는 마음이 소녀를 더 아름답게 만든 걸까.

이건 연기가 아니라 진짜 눈물일까?

가능하다면 믿어주고 싶다. 하지만 나는 이세계에서 실컷 부려 먹힌 데다 버림받은 탓에 의심이 너무 많아졌다.

"……이런 건 그다지 좋아하지 않는데 말이야."

일단 확실하게 해두자.

나는 리오의 얼굴을 똑바로 보면서 스테이터스 오픈이라고 중얼거렸다. 능력치 따위는 상관 없지만, 비고란에 성격이나 본심이 적혀 있는 경우가 있다. 이걸로 거짓말인지 아닌지 확인해야겠다고 생각했다.

표시된 내용은──

【이　름】　　사이토 리오
【레　벨】　　1
【클래스】　　여자 고등학생
【H　　P】　　80
【M　　P】　　120
【공　격】　　70
【방　어】　　65
【민　첩】　　70
【마　공】　　100
【마　방】　　100
【스　킬】　　파더 콤플렉스(비호庇護)
【비　고】　　조폭이 눈독을 들인 소녀. 자신과 오빠를 지켜주고 때로는 야단도 쳐주는 강하고 엄한 아버지를 동경하고 있다. 또한, 본인은 자각하지 못하고 있지만 나카모토 케이스케를 이성으로서 의식하고 있다. 어젯밤에는 케이스케가 꿈속에 나타나서 엉덩이를 찰싹찰싹 때려줬다. 그랬더니 기뻐하면서 「나쁜 딸이라서 죄송해요」라고 소리쳤다. 리오에게는 야한 꿈이다.

뭔가, 암퇘지 같은 감정 결과였다.

……거짓말이지? 이렇게 예쁘게 생겼는데, 알맹이는 이게 뭐야?

이세계에서 돼지 인간들을 다지고, 직장에서는 돼지고기를 다지고, 이번엔 암돼지 여고생과 조우. 대체 전생에 돼지랑 무슨 원수를 진 거야? 황당한 기분을 맛보면서 창을 닫으려고 했다.

그런데, 중간에 이 문장이 무슨 뜻인지를 알아차리고서 손가락이 딱! 멈췄다.

【또한 본인은 자각하지 못하고 있지만 나카모토 케이스케를 이성으로서 의식하고 있다.】

잠깐만. 이거 이상하잖아.

왜냐하면 난 아직까지 리오한테 괜찮은 모습을 보여준 적이 없다. 눈앞에서 오빠를 때려눕힌 뒤에 응급처치를 하고는 그냥 가버렸을 뿐인데.

하지만 그게 쿨하고 강해 보이고 멋있었다는 그런 건가? 거친 가정환경 때문에 계부의 위협에 떨고 있는 입장에서는, 그게 이상적인 아빠로 보였다는 거야?

【또한 본인은 자각하지 못하고 있지만 나카모토 케이스케를 이성으로서 의식하고 있다.】

몇 번이나 창을 닫으려고 했지만 자꾸만 손이 멈췄다. 그 한

문장에서 눈을 뗄 수가 없다.

날, 이성으로 의식하고 있다. 본인은 자각이 없는 것 같지만 그래도 호의는 호의.

나도 남자다. 아이돌처럼 예쁜 여고생이 이렇게 생각해준다면 기분이 나쁘지는 않지. 게다가 리오는 엘자를 쏙 빼닮았고.

"……도와주면 안 될까. 역시, 아직도 우리한테 화가 났어? 어떻게 하면 돼? ……나, 뭐든지 할게."

리오는 힘없는 표정으로 내 눈을 쳐다봤다. 눈물에 젖은 새카만 눈동자. 속눈썹이 길다. 헝클어진 머리카락 일부가 입에 물려 있는 게 묘하게 요염해 보이면서 뭔가 이래선 안 될 것 같은 분위기까지 감돌고 있다.

위험해. 내가 무슨 생각을 하는 거야. 상대는 내 나이 절반밖에 안 되는 어린앤데, 날 남자로 보고 있다고 생각하니까 갑자기 예쁘게 보이는 건 무슨 조화속이냐고?

조금 전까지 「날 멋대로 이용해먹을 속셈이겠지. 아저씨라고 전부 여고생을 좋아할 거라고 생각하지 말라고」 같은 생각을 했던 주제에.

나는 당황해서 리오에게서 눈을 돌리고는, 침착한 척 하면서 말했다.

"공짜로는 안 되겠는데."

대가 따위는 필요 없다고 하면 나도 이 아이한테 마음이 끌린 것처럼 보일 테니까. 이건 보수를 노리고 하는 거야, 라고 생각하게 만들 만한 뭔가가 너무나 필요했다.

"돈을 주면 돼?"

눈살을 찌푸리는 리오에게, 최대한 아무렇지도 않게 들리도록 말했다.

"그게 아니라. 다른 교섭 수단도 있을 것 아냐."

내가 생각하는 교섭 수단은 이런 것이다.

――얘한테 안젤리카의 속옷을 사달라고 하면 되지 않을까?

같은.

내가 사기엔 너무 창피하고, 소재나 사이즈를 어떻게 골라야 하는지도 모른다. 어떤 기준으로 골라야 좋은지도 전혀 모르고.

하지만 리오는 한창 나이의 여고생. 안젤리카의 체격에 대해 말해주면 일단 나쁘지는 않은 것으로 골라주지 않을까.

내가 그 아이디어를 말하려고 했더니, 리오는 자기 몸을 끌어안고 방어하는 것 같은 포즈를 취했다. "교섭……"이라고 말하면서 망설이는 몸짓.

"……몸으로 지불하라는 거야? 그러면 레오를 찾아준다는 거지? 나…… 서, 성적인…… 경험은 없으니까, 엄청 못할 것 같은데. 그래도 괜찮아?"

"그게 아냐!"

수치심에 볼이 발그레해진 조례 위반 소녀에게 온 힘을 다해서 부정하는 말을 날렸다.

요새 여고생들 머릿속은 대체 어떻게 된 거야. 어른 남자가 뭔가를 요구하면 제일 먼저 성적인 것부터 떠올리지 말아 달라고. 가슴이 아프니까.

그만큼 이런 녀석들을 사려고 드는 어른들이 많다는 뜻이겠지. 정말 진절머리가 난다. 17년 전부터 하나도 진보하질 않았잖아.

"내가 원하는 건 네 몸이 아니야. 정말이지. 속옷이야 속옷. 지금 당장 여자 속옷이 필요하다고."

"응…… 알았어."

"잠깐, 벗지 마! 벗지 말라고! 네가 입던 걸 원한다는 뜻이 아니라! 사달라고! 새 걸로!"

허리를 낮추고 하얀 천을 무릎까지 내렸던 리오가 딱, 하고 동작을 멈췄다.

"지금 우리 집에 말이야, 그러니까~ 아는 사람 딸이 와서 살고 있거든. 그런데 갈아입을 속옷이 없다고 해서, 어떻게든 구해야 하는 상황이야."

"……걔한테 사라고 하면 되잖아."

"외국 사람이라고. 게다가 중세 같은 환경의 개발도상국 출신이고, 어제 우리나라에 왔어. 혼자서 뭘 살 수 있을 것 같아?"

리오는 팬티를 쭉~ 올리고 위치를 바로 잡으면서 "아프리카 같은데 사람?"이라고 물었다.

"뭐 대충 그렇고. 그러니까 내가 오늘 사가야 하는데 말이야, 알잖아? 이런 거 너무 창피하잖아? 아저씨가 여자 속옷 들고 계산하러 가면 어떻게 생각할 것 같아?"

"여자 친구나 부인이 사달라고 생각하지 않겠어?"

"……내가, 그런 사람이 있을 것처럼 보여?"

"안 보여."
딱 잘라서 말했다. 그런 부분은 확실한 것 같다.
"그런 사정이 있으니까, 네가 속옷을 사줘. 돈은 내가 낼 테니까. 그 대신에 내가 무서운 조폭들을 퍽퍽 때려눕히고 너희 오빠를 찾아오고. 그러면 되지?
그걸로 되겠어? 리오는 이상하다는 표정이다.
"왠지 갑자기 상냥해지지 않았어?"
"아니. 전혀."
잡아떼면서 손가락에서 뚜둑 소리를 냈다. 앉았다 일어나기도 하면서 준비운동을 시작했다.
"킹레오가 끌려간 사무실이 어디야? 내가 싸우는 건 좀 하지만 찾는 건 잘 못 하거든. 뭔가 단서라도 있으면 가르쳐줘."
"있어. 알기 쉬운 단서."
리오가 주머니를 뒤적거리더니 명함을 한 장 꺼냈다.
"곤도 자식, 우리 집에 이거 잔뜩 놔뒀어."
명함을 받아서 봤다. 아무래도 지정 폭력단 ㅇㅇ파라고 적혀 있지는 않았지만, 개인정보는 확실하게 기재돼 있다.

『유한회사 곤도 건설 대표이사 곤도 타카시』

이것이 그 남자의 표면적인 신분이겠지. 조폭의 위장 기업인가 하는 그런 것.
주소에 전화번호까지 당당하게 적어놓은 것이, 범죄자 주제에 숨기려는 기색이 전혀 느껴지지 않는다.

"꽤 머네. 여기서부터 20킬로미터 정도는 되잖아."

"버스로 갈까? 혹시 아저씨 차 있으면, 태워주면 좋겠는데."

미안하지만 내 차는 자전거라고. 집도 차도 없는 30대니까. 갑자기 그런 현실을 깨달았고, 순식간에 기분이 가라앉았다.

"……걸어서 가자."

"차, 없구나."

"죽어라 뛸 거야. 아니, 날거야. 그렇게 가면 금방이니까."

"버스 안 타고?"

교통비도 아깝다는 절절한 호주머니 사정을 굳이 말하지 않을 정도의 허세는 부릴 줄 안다.

"내가 말이야, 수직 점프로 수십 미터 정도는 뛸 수 있거든. 건물 옥상을 뛰어넘어서 가면 금방 도착할 거야."

깜짝 놀란 리오를 곁눈질로 보고 점프할 준비를 했다. 사람들 눈에 띄지 않도록 은폐 마법도 걸어두고. 안방극장에 인간 로켓으로 소개되는 건 내 취향이 아니니까.

내가 이런저런 준비를 하고 있는데, 깜짝 놀라고 있던 리오가 말을 걸었다.

"나도 데려가 줘."

안 돼, 너무 위험해. 대체 무슨 생각이야. 날 좋아할지도 모르는 여자애를 위험하게 만들 수는 없잖아.

"놀러 가는 게 아니라고."

차갑게 말했지만 리오는 꿈쩍도 하지 않고 물고 늘어졌다.

"빨리 레오를 보고 싶으니까. 데려가 줘. 그리고."
"그리고."
"아저씨한테 관심이 있어."
무슨 의미로? 심박수가 약간 높아졌다.
"왜 그렇게 센 거야? 어떻게 조폭한테 이길 건데? 대체 뭐 하는 사람이지? 여러모로 전부, 신경이 쓰여. 더 알고 싶고, 가까이서 보고 싶어. ……안 될까?"
――용사님은 왜 그렇게 강한 거죠? 어디서 왔어요? 어째서 저 같은 노예를 구해준 거죠? 저, 당신을 더 알고 싶어요.
처음 엘자와 만났을 때 질문 공세를 받았던 일이 생각났다.
가슴이 조여드는 것 같은 슬프고도 그리운, 그러면서도 달콤한 기억들이 되살아났다.
정신을 차려보니 입이 내 생각과 관계없이 움직이고 있었다.
"따라오는 건 마음대로지만, 꼭 잡아야 한다."
엘자한테 했던 것과 똑같은 말이 튀어나왔다.
뭔가 보이지 않는 힘에 떠밀린 것 같았다.
"괜찮아? 정말이지?"
기쁨을 드러내지 않는 리오를 보고 정신이 돌아왔다.
내가 대체 뭘 하는 거야. 이 아이는 엘자가 아니라고. 이 나라에서 태어나고 자란, 그냥 닮은 사람인데.
……나도 참 마음이 약하구나.
하지만 이미 말해버렸으니 어쩔 수 없지. 크게 한숨을 쉬고, 리오한테 주의를 줬다.

“너한테도 신체 능력이 향상되는 마법을 부여해줄 테니까 풍압에는 견딜 수 있을 거야. 그래도 힘들면 말하고.”

그리고 은폐도 걸어줄까. 이러면 리오도 투명인간이 될 테니까.

나는 마법 주문을 외운 뒤에 리오의 어깨와 무릎 뒤쪽에 손을 대고 안아 들었다. 소위 말하는 공주님 안기인데, 이걸 선택한 이유는 상당히 한심한 것이다. 업으면 등에 부드러운 무언가가 닿아서 심장에 좋지 않을 것 같다고 판단했기 때문이다.

“저기, 아저씨.”

“왜?”

“이름, 가르쳐줘.”

그러고 보니 우리, 아직 자기소개도 안 했네. 이 정도 사이. 여기서 끝날 관계일 테니까.

“나카모토. 나카모토 케이스케.”

“흐응. 나카모토구나.”

이름은 평범하다는, 시시한 감상이 돌아왔다.

“난 사이토 리오. 이름은 레오가 불렀으니까 알고 있겠지만. ……음. 맞다. 나카모토 아저씨, 처음부터 레오 이름 알고 있었지. 그거 뭐야?”

“그것도 비밀의 기술이야.”

스테이터스 오픈이라는, 소환 용사라면 누구나 가지고 있는 기능이지만.

나는 신기해하는 리오를 끌어안고 뛰어올랐다. 휘잉, 바람 가르는 소리를 들으며 백화점 옥상에 착지. 다리와 허리로 충격을 흡수하고 바로 다음 건물을 향해 뛰었다.

리오의 체중은, 생긴 대로 가볍다. 딱 엘자와 비슷한 정도로.

◇ ◇ ◇

나와 리오는 곤도의 사무실에 도착했다.

정문에서 조금 떨어진 곳에 서서 건물을 올려다본다. 간소하게 생긴 2층 건물이다. 그것 자체는 상식적인 범위고.

하지만 주위를 빙 둘러싼 콘크리트 벽이 일반적인 사람들에게는 필요 없는 방어력을 주장하고 있다.

조용한 주택가 사이에 파고든 살벌한 이물질. 아주 조금, 던전하고 비슷한 분위기다. 이런 위험한 시설 공략이야말로 용사가 할 일이지.

해 볼까. 나는 문 앞으로 걸어가며 주먹을 쥐었다 폈다 하면서 돌격 전 정신통일을 했다. 그런 내 옆에서 태연하게 따라오는 리오.

어이.

"아무리 그래도 이 이상은 허락할 수 없어. 밖에서 기다려."

"왜? 나 피 봐도 괜찮거든. 아니면 여자는 빠지라는 거야? 너무 구식 아냐?"

"구식이고 자시고가 아니라."

"나도 급하면 깨무는 정도는 할 수 있고, 지금은 다른 사람한테 안 보이잖아? 그럼 아무 문제도 없잖아."

리오의 모습이 보이는지 아닌지는 상관없다. 상대는 조폭이다. 총을 가지고 있으면 유탄에 맞을 수도 있다고.

널 위해서 하는 말인데 왜 이해를 못 하는 거야. 괜히 귀찮게 하지 말라고, 약간 거칠게 말했다.

"밖에서 조용히 기다려! 어른 말을 들으라고!"

전투 전이라서 그런지 나도 약간 예민해진 것 같다.

너무 거만하게 굴었나? 화가 났으려나?

리오의 얼굴을 슬쩍 봤더니, 어째선지 빨갛게 달아올라서 부르르 떨고 있었다. 기뻐하는 것처럼 보이는데.

"네."

라고, 묘하게 들뜬 목소리로 대답하고.

……못 본 걸로 해두자.

어지간한 여자애들이면 발끈할 것 같은 표현이었는데, 호감도를 더 높여버린 것 같은 반응이다. 발로 걷어찬 개가 꼬리를 파닥파닥 흔들면 「귀여운 자식」보다 「광견병 아냐」라고 생각하지 않겠어?

뭐, 일단은 딱 한 번이니까. 없던 일로 하자. 오빠가 잡혀가서 일시적으로 정서가 불안정해진 탓이겠지. 그렇게 생각하고 싶다. 그렇지 않더라도 그렇게 생각하고 싶다.

나는 헛기침을 해서 마음을 다잡고 담을 뛰어넘었다. 드디어 사무실에 침입했다.

공포를 주는 쪽이 좋을 것 같아서 은폐를 해제했다.

CCTV가 이쪽으로 향해 있어서 라이트볼 마법을 날렸다. 쨍, 하고 렌즈 깨지는 소리가 울리고 쇼트가 난 회로에서 하얀 연기가 피어올랐다.

찍히는 게 무서워서 그런 게 아니다. 오히려 그 반대. 영상을 감시하고 있을 놈들에게 개전 신호를 알린 것이다.

예상대로 펀치 파마머리 사내놈들이 한 손에 권총을 들고 뛰쳐나오려나.

그런 구식 상상을 하고 있었더니 복도 안쪽에서 남자 두 명이 나왔다. 겨울인데도 갈색으로 그을린 피부의 중년 남자. 오른쪽은 뚱땡이, 왼쪽은 꺽다리. 둘 다 인상이 더럽고 편한 복장을 하고 있다. 머리 모양은, 아쉽게도 펀치 파마가 아니다. 흔히 볼 수 있는 짧은 머리.

"이봐, 형씨. 지금 뭐 하는 짓거리야?"

쉰 목소리. 나이 때문에 쉬었다고 하기에는 부자연스러울 정도로 쇳소리 섞인 목소리다. 일상적으로 큰소리를 질러대는 사람 특유의 목소리. 조폭이 소리 지르는 거라면 주로 공갈이겠지. 시원찮은 인생이 얼굴은 물론이고 목소리에도 영향을 미쳤다.

"곤도 만나러 왔다. 어디 있지."

내가 질문에 대한 대답은 얼굴로 날아온 오른손 스트레이트. 덩치 좋은 남자가 갑자기 주먹을 휘둘렀다.

뿌걱, 기분 나쁜 소리.

날 때린 주먹이 내 몸의 강도를 이기지 못하고 부서졌겠지. 내 방어력은 45,680. 강철보다 훨씬 단단하다. 옷 위라면 또 모를까, 얼굴을 직접 때리는 건 자살행위다.

"손은 소중히 해야지. 댁들한테는 장사 도구 아니겠어? 잘라서 바칠 손가락 정도는 있어야 할 테고 말이야."

"어…… 윽……."

덩치 큰 조폭은 오른손을 붙잡고 몸을 웅크렸다. 어깨를 부들부들 떨면서 웃기는 신음소리를 흘리고 있다.

"뭐야……? 이 자식."

키 큰 남자가 품에서 권총을 꺼냈다. 드디어 흉기께서 등장하셨다. 총기에 관심이 없어서 자세한 건 모르겠지만, 딱딱한 걸 쏘면 도탄인가 하는 게 발생하지 않던가?

"그만둬. 나한테 인간을 상대하기 위해서 만든 무기 따위는 소용없어. 너희만 다칠 뿐이야."

"얼굴에 철판이라도 박았냐?"

남의 말 좀 들어라.

탕, 탕, 하는 메마른 소리가 울리고 총알이 가슴에 맞았다. 그리고 그 탄두들은 전부 엉뚱한 쪽으로 튕겨서 바닥과 천장 쪽으로 향했고, 그 뒤에 복잡한 궤도를 그리며 튕긴 끝에 결국 조폭들의 어깨와 무릎을 꿰뚫는 길을 선택한 것 같았다.

"끄아아아아악!"

"……내가 굳이 손을 쓸 필요도 없이 너희들끼리 알아서 자폭했네."

쓰러진 꺽다리 남자에게 다시 한번 물었다.

"곤도는 어디 있지?"

“……뒈져버려, 망할 놈.”

요즘 세상에 보기 힘든, 의리라는 것을 느끼게 하는 말이 돌아왔다. 두목은 그렇게 쉽게 넘겨줄 수 없다는, 그런 마음가짐인가.

기특한 일이네. 이세계의 데몬 놈들은 지금 같은 상황이 되면 기밀정보를 술술 불어버렸는데.

“동료 의식 같은 건 싫어하지 않아. 아주 좋은 근성이야. 넌 나쁘게 대하지 않을 테니까 곤도가 어디 있는지 가르쳐줘.”

“……너한테 여자 가족이 있으면, 잡아다 약에 절여가지고 업소에 넘겨버리겠다…… 평생 햇빛도 못 보는 매춘부로…… 각오해, 이 자식아…….”

“기껏 감탄해줬는데, 최악의 협박이 돌아왔네.”

남자의 무릎을 있는 힘껏 밟아서 분쇄했다.

“으가아악!”

지금의 난 깨트리는 게 특기다. 라멘 가게의 중화요리 접시는 물론이고, 무릎도 아주 잘 깨트리지.

“난 내가 소중하게 여기는 사람을 노리겠다는 말을 듣는 걸 참 싫어하거든. 왜냐하면 말이야, 그런 짓을 당하면 상대를 필요 이상으로 죽여 버리게 되거든. 잔인한 짓을 할 때의 나 자신을 그다지 좋아하지 않아.”

“어그…… 커…… 으억…….”

입을 뻐끔거리면서 괴로워하는 남자의 코앞에 손가락을 들이댔다. 파이어 주문을 외워서 손끝에 불꽃을 만들어냈다.

"눈을 태워버리면 참 아프다더라고. 빨리 말해. 곤도는 어디 있지?'

"……."

"화력을 좀 더 높여볼까."

"사장실! 사장실에 있어! 이대로 쭉 가서, 왼쪽에 계단이 있는데. 올라가면 바로 보여."

"이제야 혓바닥이 움직이나 보네. 곤도가 고등학생 정도 소년을 잡아 오지 않았나? 금발에 피어싱을 잔뜩 한, 눈매가 더러운 꼬맹이인데."

"……그 애새끼라면 곤도 씨랑 같이 있다."

하면 되잖아, 라고 말하면서 남자한테서 손가락을 뗐다.

가르쳐준 길을 따라서 사장실로 향했다.

중간에 비수를 든 남자가 돌진해 와서 반사적으로 때렸더니 위쪽으로 몇 미터 정도 날아갔다. 머리가 천장에 박혀서 대롱대롱. 취향이 이상한 샹들리에 같은 상태가 됐다.

죽지는 않았으면 좋겠는데. 원한 때문에 저 꼴로 우리 집 천장에 나타나기라도 하면 싫으니까. 나는 천장에 박혀서 흔들리는 전위예술을 보며 계단을 올라갔다.

2층으로 올라가자마자 바로 사장실이라고 적힌 문이 보였다. 습격에 대비하려는 건지 금속 재질이네.

문손잡이를 돌려봤더니 잠겨 있다. 어쩔 수 없지.

정권 지르기를 해서 오른팔로 문을 관통. 그 상태에서 안쪽 문손잡이를 돌려서 문을 열었다.

위협도 겸하는 퍼포먼스다. 이걸로 힘의 차이를 이해하고 얌전히 굴어줬으면 고맙겠는데.

팔을 뽑고, 천천히 문을 열었다.

"킹레오 있냐?"

먼저 눈에 들어온 건 가죽 소파.

시선을 옆으로 옮겼더니 거기 앉아 있던 남자와 눈이 마주쳤다. 검은 정장을 입은 키가 큰 남자다. 안색이 아주 나쁜데, 원래는 밑에 있던 놈들보다 무섭게 생겼겠지. 점토에 커터칼로 칼집을 낸 것 같은 가늘고 눈꼬리가 치켜 올라간 눈. 쥐나 들개 같은 비열한 빛이 감돈다.

나이는 40대 초반 정도려나. 리오가 말했던 것처럼 왼손 새끼손가락도 없으니, 이 남자가 곤도라고 보면 되겠지.

"조금 전에 봤지? 난 철문을 고양이가 창호지 문 찢는 것처럼 박박 찢어버릴 수 있거든. 일찌감치 항복해.

"……웃기고 있네. 이 자식이 대체 무슨 약을 한 거야? 약을 얼마나 빨면 그런 짓을 하는 건데?"

"네가 곤도 맞지."

그게 어쨌다는 거냐고, 곤도가 퉁명스레 대답했다.

"사이토 씨네 장남을 회수하러 왔다. 그리고 다시는 그 집 딸한테 손대지 말고. 어머니하고는 헤어져. 그 집에 얼씬도 하지 말고."
"이 새끼, 그 애새끼들하고 무슨 관계야?"
"너야말로 뭔데? 리오를 음탕한 눈으로 보고, 하다 하다 킹레오까지 반쯤 죽여 놓고 말이야. 창피하다고 생각…… 아, 이런. 이건 나한테도 해당하는 말인가."
중요한 사실을 알아차렸기 때문에, 들통나기 전에 실력행사에 나섰다. 곤도의 멱살을 쥐고 험악하게 노려봤다.
"내 말 알았지?"
신체 능력을 직접 보여줬으니 얌전히 시키는 대로 하겠지. 아무리 쓰레기라도 폭력을 쓰지 않고 끝낼 수 있는 게 제일이니까.
"그래, 알았다 알았어. 이제 그 집에는 가지도 않을게. 그러면 되지?"
"……나한테 전기 충격기 들이대고서 할 소리냐?"
"히, 히히. 히히. 방심했다! 방심했어! 방심했다고! 하하! 꼴좋다! 히야하하하하하!"
곤도는 미친 것처럼 웃으면서 몇 번이나 전류를 흘렸다. 빠지지직, 날카로운 스파크 소리가 들린다.
한 가지 정정해주자면 난 방심한 적이 없다. 이 녀석이 아까부터 주머니에 손을 쑤셔 넣고 주물럭거리는 게 보였기 때문에. 무슨 짓이든 할 거라고 쉽게 예상할 수 있었다.
하지만 그 「무슨 짓」을 내가 대놓고 당해주고, 그러고도 아무렇지도 않다면?
대화가 좀 더 편하게 진행될지도 모른다. 그렇게 판단했다.

"……뭐야 이거? 너 어떻게 멀쩡한 거야? 내가 지금 꿈이라도 꾸는 건가? 히히, 히히히."

"내가 말이야, 물리 방어보다 마법 방어력이 더 높거든. 전격이나 화염은 특히 소용없고."

무속성의 엄청난 화력으로 세게 때리는 것 말고는 나한테 대미지를 줄 방법은 없을걸. 그렇게 게임식으로 설명해봤자 이 녀석이 알아듣지도 못하겠지만.

"약이야…… 내가 지금 약 때문에 맛이 간 거야……. 히히히, 히히히."

곤도는 천박하게 웃으면서 소파에서 굴러떨어졌다. 네발로 기어서 사무실 구석에 있는 침낭 쪽으로 갔다. 곤도가 지퍼를 열었더니 그 안에서 피투성이가 된 킹레오가 튀어나왔다.

"이 애새끼를 구하러 왔지?! 앙?!"

곤도는 근처에 장식해놨던 일본도를 뽑아서 킹레오의 목에 댔다.

"조금이라도 허튼짓해 봐! 이 자식 모가지를 날려버릴 테니까."

뒤쪽에서 발소리가 들려온다.

고개만 돌려서 뒤를 보니 라이플을 든 남자들이 방 앞에 모여 있었다.

다 해서 네 명. 한마디로 총구도 네 개. 앞뒤로 포위당한 모양이다.

난 총을 맞아도 상관없지만, 도탄이 킹레오한테 맞기라도 하면 위험하다. 마법으로 온갖 상처를 치유할 수는 있지만, 죽은 사람을 소생시킬 수는 없으니까.

일단 총부터? 아니, 곤도의 칼도 그냥 둘 수는 없다. 칼이라고 해도 급소를 찌르면 즉사할 수 있으니까.

전방의 곤도와 후방의 라이플. 양쪽을 동시에 처리해야겠지.

"어이, 슈퍼맨. 어쩔 거냐고. 전세 역전 아니겠어?"

곤도는 신이 나서 미치겠다는 얼굴로 눈을 가늘게 떴다. 안 그래도 실처럼 가느다란 눈이 더 가늘어졌다.

"그만두라고. 너, 리오한테 마음이 있는 것 아니었어? 오빠를 죽이면 평생 싫어할 텐데. 아내가 데리고 온 딸한테 미움받는 새아버지가 되면 괴롭지 않겠어."

내 말을 듣고 무슨 생각을 했는지, 곤도는 침을 질질 흘리면서 큰 소리로 웃었다.

"그렇구만…… 이 자식, 리오랑 아는 사이였구나. 걔가 부탁했냐? 그 망할 년이! 벌써 했냐?! 앙?! 데려와! 이리 데리고 오라고! 홀딱 벗고 여기까지 와서 내 암캐가 되라고 해! 하는 걸 봐서 좋아하는 오빠를 봐줄 수도 있다고 말이야!"

시끄럽게 웃는 소리가 울린다.

아무리 조폭이라고 해도 너무 품위가 없는 것 같다. 이딴 놈이, 아무리 범죄조직이라고 해도 보스 자리에 있는 인간인가?

약을 한 건지도 모른다. 그런 얘기를 하기도 했으니까. 그렇다면 통각도 둔할 테니까, 봐줄 필요는 없겠지.

나는 팔다리에 마력을 흘려보내서 스킬을 기동할 준비를 했다.

【용사 케이스케는 MP를 2000 소비. 2회 행동 스킬 발동.】
【180초 동안 1턴에 2회 행동할 수 있습니다.】

기계적인 시스템 메시지가 눈앞에 나타난다. 동시에 복수의 적을 처리할 때는 이게 제일이지.

"리오를 데려오라고! 리오를! 당자아앙!"

곤도가 소리 지른 직후, 내가 움직였다.

2회 행동은 민첩성을 올리는 타입의 스킬과 조금 다르다. 굳이 말하자면 세계의 룰에 간섭한다고 말하는 쪽이 이해하기 편하려나. 나는 한 번 생각으로 두 번 행동할 수 있게 된다. 마력과 교환해서 그런 거래를 하는 것이다.

계약은 기계적으로 준수된다.

내가 「곤도의 팔을 비틀고 싶다」와 「뒤에 있는 남자들을 무력화하고 싶다」고 생각하면 그렇게 된다. 나 자신의 시점에서는 가까이 파고들어서 손날치기를 날려서 곤도의 팔을 절단할 뿐. 하지만 그것과 동시에 후방에서도 수많은 비명소리가 터져 나온다. 총이 파괴당하는 소리가 들린다. 눈 깜짝할 사이에 「나는 저쪽에도 공격을 가했다. 라이플은 밟아서 부쉈다」는 기억이 발생한다.

마치 투명한 분신이 나타나서 「선택하고 싶었지만 포기한 쪽의 선택지」 쪽을 실행해준 것처럼. 분신은 일이 끝나면 내 안으로 돌아오고, 기억도 경험도 전부 가지고 온다. 2회 행동을 사용할 때의 감각은 이렇게밖에 표현할 길이 없다. 물리법칙을 비틀어버리는 스킬이 인간의 인지능력을 뛰어넘어버리기 때문이겠지.

"어……?"

"어째, 서……?"

동시에 두 방향에서 공격당한 조폭들은 멍한 얼굴로 쓰러져 있었다.

나는 침낭 안에 있던 킹레오를 끌어내고 나서 곤도에게 말했다.

"거기서 잘 보고 있어. 난 부수는 것도 잘하지만 고치는 것도 잘하거든."

잔뜩 부은 킹레오의 얼굴에 회복마법을 걸어주자 순식간에 원래 윤곽으로 돌아왔다. 퉁퉁 부어 있던 볼은 원래대로 깔끔한 라인을 되찾아서 샤프한 인상으로 돌아왔다. 날카로운 분위기 하나만은 리오와 닮았다는 걸.

나와 조폭들의 시선을 받으며, 동생을 아끼는 사자 꼬마가 조용히 눈을 떴다.

"……오락실, 아저씨……?"

왜 댁이 여기 있냐고, 킹레오가 기어들어 가는 목소리로 물었다.

"동생한테 고마워해. 오빠를 도와달라고 열심히 부탁했으니까."

"나…… 아저씨 패려고 했는데…… 그런데도 온 거야……?"

"부탁했으니까."

"……장난, 아니다……."

"그리고 넌 아직 어린애야. 저기 있는 쓸데없이 나이만 먹고 깡패 놀이나 하는 놈들보다는 아직 갱생할 여지가 있을 테니까. 살아 돌아가면 불량배 짓은 이제 그만해라."

"진짜…… 짱이다……."

고개를 푹 떨군 킹레오는 "짱이다"라고 말하면서 웃고 있다. 어휘가 상당히 빈약한 것 같은데.

"자, 곤도 씨. 이제 알겠지? 난 다 죽어간 인간도 치료할 수 있어. 그 뜯어낸 오른손도 고쳐줄 수 있는데, 어쩔까?"

"아…… 윽…… 고쳐 줘…… 고쳐줘어……."

자비를 베풀어줄 거라고 생각한 건가. 아양 부리는 눈으로 슬금슬금 다가왔다.

"너 뭔가 착각하는 거 아냐?"

나는 곤도의 잘려나간 오른손을 주우면서 말했다.

"지금부터 널 거의 죽을 때까지 파괴하고 재생한다. 그리고 또 파괴하고 재생. 이걸 되풀이할 수도 있다고."

곤도는 결국 입에 거품을 물고 부들부들 경련하기 시작했다. 공포 때문일까 약 때문에 발작한 걸까. 도저히 봐줄 수가 없네. 후딱 끝내자.

나는 곤도의 머리카락을 움켜쥐고, 코앞에 얼굴을 들이밀고서 타일렀다.

"내 말 잘 들을 거지?"

고개를 열심히 끄덕거리는 곤도한테서는 더 이상 싸울 의욕도 광기도 느껴지지 않는다. 그저 나를 잘 따르는 개, 노예다.

사이토 집안에는 손대지 말 것. 경찰에 연락하지 말 것. 피가 잔뜩 묻은 옷 대신 갈아입을 옷을 준비할 것. 만약 역 앞에 있는 라멘가게 『적룡당』에서 식사할 때 그릇 깨지는 소리와 점장의 고함소리가 들리면 「그만 해 점장!」이라고 소리를 질러서 못 하게 할 것.

필요한 요구를 전부 받아들이게 하고 마법으로 조폭들을 치료해줬다.

죽이는 것보다는 부하로 삼아서 이용하는 쪽이 좋을 테니까.

킹레오를 부축하면서 사무실 건물 밖으로 나왔다. 당당하게 정문으로 귀환이다.

"레오! 나카모토 아저씨!"

우는 얼굴로 웃는 리오의 마중을 받으며 내 미션은 끝났다.

머릿속에서 팡파레 소리가 울리고 방대한 양의 테스트 메시지가 눈앞에 나타났다.

【나카모토 케이스케는 전투에 승리했다!】

【EXP를 226 획득했습니다.】

【스킬 포인트를 15 획득했습니다.】

【유니크 스킬 「부성」의 성능이 강화됐습니다.】

【파티 멤버 사이토 리오의 나카모토 케이스케에 대한 감정이 「관심, 동경」에서 「연모, 욕정」으로 변화했습니다.】

【사이토 리오의 호감도가 성적 행위 및 혼인이 가능한 수준에 도달했습니다.】
【사이토 리오를 배우자로 지명하겠습니까?】

그만 좀 해라. 집게손가락으로 연타해서 창을 전부 닫아버렸다.
리오의 뜨거운 시선은 못 본 척 하고.

『솔직히 말이야, 곤도의 첫 인상은 나쁘지 않았거든. 한눈에 봐도 뒤쪽 세상 사람이지만 처음에는 괜찮은 느낌이었고, 나한테 이상한 짓도 안 했어. 하지만 두 번째 우리 집에 왔을 때, 중간부터 사람이 달라진 것 같았거든. 엄청나게 기분 나빠졌어. 그냥 본성이 드러난 걸까. 그러니까…… 귀신을 봤다든가, 그렇게 말한 뒤로 이상해졌거든. ……그런데 나카모토 아저씨네 집에 산다는 외국인 여자애, 사실은 여친 아냐? 아냐? 아니구나. 그렇구나. ……다행이다. ……아니, 아무것도 아냐. 저기, 연락처 가르쳐줘. 괜찮잖아? 언젠가 제대로 답례하고 싶으니까.』

헤어질 때 리오가 남긴 말이 계속 마음에 걸렸다.
귀신. 또 귀신이다. 우리 집은 물론이고 리오 주변에서도 귀신 소동이 벌어졌었다.
만약 곤도의 광란이라고밖에 표현할 방법이 없는 언동이 약물이 아니라 악령 때문이라면? 빙의라도 당해서 인격을 조종당했다면? 그 경우에는 그 녀석도 피해자가 된다.

그렇다면 조금 불쌍하다는 생각도 들었고, 혹시나 싶어서 곤도의 스테이터스를 감정해봤다. 유령한테 조종당했을 뿐이고 원래는 성숙한 여성을 좋아한다, 고 적혀 있으면 어쩌나 싶었다. 하지만, 비고란에는 「여고생을 엄청나게 밝히는 조폭. 엄마 배 속에 있을 때부터 여고생을 좋아했다.」고 적혀 있을 뿐이었다.

그래도 처음에는 신사적으로 대하고, 욕망을 억누르고 있었다. 하지만 귀신과 마주친 뒤에 자제력을 잃었고.

그렇다면.

이번에 발생하는 귀신은 사람이 억누르고 있는 사악한 측면을 끌어내는 힘이 있는 놈인지도 모른다.

귀찮은 것들이 돌아다닌다는 생각에 골치가 아파왔다.

영체 감지는 내가 가장 못 하는 분야다. 나는 원래 제일 약한 용사고 재주도 별로 없다. 탐색이나 감지, 생활 등에 관한 스킬은 결국 배우지 못했을 정도로.

나는 노력형이다. 아무리 단련해도 전투용 능력만 성장하는 평범한 인재다.

일단 눈에 보이는 적과 싸우면 지진 않지만, 보이지 않는 적을 찾아내는 재주가 없다.

그런데 지금, 눈에 보이지 않은 유령이 날뛰고 있다. 내 약점을 노린 것 같은 위협이 꿈틀거리는 것 같은 기분이 들어서 너무나 기분이 나빴다.

뭐, 그래도 지금은 안젤리카가 있으니까. 그 아이는 그야말로 내가 서툰 분야를 보완해주려는 것처럼 감지 스킬을 가지고 있으니까.

열심히 기분을 맞춰드려야겠다고 생각하면서 쇼핑백 안을 들여다봤다. 리오가 골라준 여자 옷과 약간 분발해서 산 디저트. 10대 여자아이한테 특별한 효과를 발휘하는 이 물건들로 안젤리카의 의욕을 북돋아 줘야겠지.

내일쯤에 은근슬쩍 그 녀석 스킬을 이용해서 고스트 버스터즈 행세라도 해볼 생각이다.

"다녀왔습니다."

독립하고 처음으로 「다녀왔습니다」라는 말을 해봤다.

안젤리카 녀석은 어떤 식으로 맞이해주려나. 기대도 되고 두렵기도 하고.

설마 알몸에 앞치마만 입고서 신혼부부 놀이를 하는 건 아니겠지.

하지만 성격을 보면 그럴 것도 같고. 그런 짓을 하면 잔소리를 해야겠지만.

좀 더 자신을 소중히 여겨야지, 로 끝이다. 그런 상황은 내 취향이 아니니까.

상복 차림의 과부(31세)같은 시추에이션으로 나오면 위험하겠지. 나, 유부녀 설정도 좋아하니까.

하지만, 이세계에서 온 녀석이 그런 걸 알 리가 없으니까.

그러니까 아빠는 무적이다.

콧노래까지 흥얼거리면서 신발을 벗는데 거실 쪽에서 발소리가 들려왔다. 바로 안젤리카 님이 등장하셨다.

"아빠! 용사님! 케이스케 님! 큰일! 크, 큰일 났어!"

"호칭이 여러 가지가 섞였잖아. 왜 그렇게 혼란스러워하는 건데."

"아빠아!"

안젤리카는 날 보자마자 꼭 끌어안았다.

집에서 나올 때와 똑같이 신성 무녀 복장을 입은 채로. 한마디로 티슈처럼 얇은 소재라서 여기저기가 비치는 그거다. 그런 말도 안 되는 차림새로, 온갖 신체 부위를 내 팔에 들이댔다. 물컹, 하고 유방이 눌리는 모습까지 쉽사리 관찰할 수 있을 정도로.

"호오. 대단한데. 하지만 나도 슬슬 익숙해졌으니까. 내성이 생겼다고."

"귀신! 귀신이 저기에……!"

"재혼했더니 남편이 귀신이 돼서 나온 과부라는 설정이냐!? 어느새 내 약점을?!"

"저기, 있어, 있어요! 상반신만 있는 귀신이, 번쩍하고!"

엄청나게 겁먹은 모습을 보고 장난치는 게 아니라는 걸 알았다.

"――나왔나."

초록색 눈에 눈물을 글썽이며, 안젤리카가 고개를 끄덕였다.

엄지손가락으로 눈물을 닦아주고 거실로 향했다.

안젤리카에게 걸어준 결계 마법, 세이크리드 서클의 효과는 아직 남아 있을 텐데. 그걸 무시하고 침입한 망령이라면 어지간한 상대가 아니다. 까딱하면 악신이나 신령(神靈)일 텐데.

【용사 케이스케는 MP를 300 소비. 신성검 스킬을 발동. 공격력 300% 상승.】
【영체, 악마, 언데드에 대해 특효 상태가 됩니다.】

부웅, 오른손에 빛의 검을 발생시키고, 경계 상태로.
한 걸음, 내디뎠다.
왼손은 안젤리카의 얼굴 앞으로 뻗어서 뒤로 물러나 있으라고 신호를.
『정부는 계속 증가하는 사회보장비용에 대한 대책으로……』
감정을 겉으로 드러내지 않는 뉴스 앵커의 목소리가 들려온다.
TV 뉴스 프로그램이다. 안젤리카가 켰나?
아니면 폴터가이스트 현상처럼 악령이 멋대로 전원을 켠 걸까.
나는 작은 목소리로 "무슨 일이 있었지"라고 물었다.
"그, 그게. 아까 테이블 위에 있는 네모난 걸 만지고 있는데, 갑자기 저 까만 석판에 불빛이 들어왔어요."
"……그리고?"
"그랬더니 상반신만 있는 인간이 나와서, 말을 하는 거야! 저거 유령이죠, 그렇죠?! 조금 있으면 저 석판에서 상반신이 튀어나오고, 성큼성큼 걸어 다니면서 내 다리 내놔~ 하고 쫓아다니는 거죠?!"

"……상상력이 참 풍부하네."

안젤리카는 자기 말에 자기가 겁을 먹은 건지 점점 더 움츠러들었다.

나는 스킬을 종료시키고 가슴을 쓸어내렸다.

"안제. 저건 TV라고 하는 거야. 과거에 기록한 것들이나 멀리 떨어진 경치를 비추는 도구라고."

"멀리?"

"뭐라고 해야 하려나. 먼 곳을 보는 수정구슬이라는 게 있잖아. 그걸 네모난 모양으로 만들었다고 생각하면 돼."

"그럼 저건…… 살아 있는 사람인가요? 하반신을 자른 유령이 아니라?"

"아래쪽은 책상 때문에 안 보이는 거야. 화면에 안 비칠 뿐이라고."

후~ 한숨을 쉬고, 안젤리카가 주저앉았다. 귀신이 아니었구나~ 안도한 목소리로 그렇게 말했다.

"먼 곳을 볼 때는 보통 좀 더 흐릿~ 하게 나오잖아요. 저렇게 선명하니까 갑자기 사람이 나왔잖아!? 라고 생각했다고요. 이런 걸 처음 봐서 그래요. 전 잘못 없어요."

기관총처럼 쏘아붙이면서 떨떠름한지 고개를 돌리는 안젤리카. 볼이 살짝 발그레하네. 아무래도 아까 그 난리는 친 게 창피한 것 같다.

엄~~청나게 놀려주고 싶지만 그만두기로 했다.

컬처 쇼크는 나도 실컷 경험한 탓에 남 일 같지 않았으니까.

갑자기 다른 세상에 오면 당황하는 것도 당연한 일이지.

나도 처음에는 이세계에 소환됐다는 걸 믿지 못하고, 일주일 가까이 몰래카메라 프로그램이 아닌가 싶었으니까. 거기에 비하면 안젤리카의 순응력은 훨씬 좋은 편이다.

“아무튼, 다녀왔습니다.”

“……다녀오셨어요.”

그 난리를 쳤는데 옆집 할아버지가 조용하네.

게다가 아저씨랑 젊은 여자 목소리까지 같이 들리면 난리를 칠만도 한데.

나 같아도 벽을 두드리겠다는 생각을 하면서 침대에 걸터앉았다.

쇼핑백을 바닥에 내려놓고 그 안에 있는 것들을 뒤적거렸다.

“선물 사 왔어.”

“와~! 선물이다! 사랑이군요, 사랑! 저, 사랑받고 있는 거죠!”

“그래, 사랑이야 사랑. 가족 사랑이야.”

사랑은 사랑이지만 연애적인 사랑! 이라고 항의하는 안젤리카의 손에 포장된 옷을 쥐여줬다.

“옷이네요. 지금 입어 봐도 되나요?”

“입어도 되는데 여기서 벗지는 말고. 알았어, 내가 잘못했어. 난 화장실에 가 있을 테니까 그 사이에 입어봐.”

여자아이가 옷을 벗는 동작은 권총을 들이대는 것과 별 차이가 없는 것 같다. 어지간한 남자들은 두 손을 들고 시키는 대로 하는 수밖에 없으니까.

나는 화장실로 도망가서는 변기에 앉아서 스마트폰을 들여다봤다. 볼일을 보면서 소셜 게임 로그인 보너스를 챙기기 위해.

옷을 갈아입는 데 얼마나 걸릴지는 모르겠지만, 그렇게 오래 걸리지는 않을 테니까 본격적인 플레이는 무리겠지.

……슬슬 게임을 하고 싶어서 금단증상까지 발생할 것 같다. 내가 키우는 아이돌들을 생각하고 있는데, 화면에 하얀 창이 표시됐다.

『새로운 메시지가 있습니다.』

……맞다. 리오가 졸라서 이 샤인인가 하는 SNS 앱을 깔았었지. 그 녀석하고는 이걸 이용해서 언제든 연락할 수 있게 됐다.

하지만, 나하고 무슨 얘기를 하려는 걸까.

기대 반, 의심 반으로 화면을 터치.

『오늘 고마웠어. 레오도 나카모토 아저씨 연락처 알고 싶다는데. 가르쳐줘도 돼? 사부님으로 모시고 싶대.』

뭐야, 그런 얘긴가.

가르쳐줘도 돼, 라고 답장.

오빠까지 나한테 반한 건가. 아무려면 어때, 부하가 하나 생겼다고 생각하자.

『그리고 이거, 오늘 답례.』

뭔가 인터넷 주소가 첨부된 메시지가 왔다.

주소…… 아마도 사진을 보여주려는 거겠지. 킹레오가 집에 가자마자 머리를 까맣게 염색하고 갱생을 맹세하는 사진이라든지?

그럼, 내 손으로 불량학생을 바로잡은 직후의 열혈 교사 같은 상쾌한 기대를 하면서 링크를 눌렀다.

하지만, 튀어나온 것은 너무나 위험한 물건이었다.

"푸흡?!"

리오의, 셀카 사진.

사이토 리오(16세)가 교복 재킷 단추를 풀고 가슴팍을 대담하게 풀어헤친 셀카 사진이다.

셔츠 가슴 부분에 손가락을 걸고 끌어내려서, 열심히 가슴골 계곡을 강조하고 있다. 브래지어 레이스까지 얼핏 보이는 게 엄청나게 불건전한 느낌을 자아내고 있었다.

'그만둬, 날 사회적으로 죽이려는 거야!'

요즘 세상에 이런 건 아동 포르노 제조네 보유네 해서 위험하지 않던가?

통신 이력을 추적하기라도 하면 끝장 아냐?

이런 죄로 잡혀가면 부모님이 울 거야. 삭제다, 삭제!

큰일 나니까 다시는 이런 거 보내지 말라고 메시지를 보냈더니, 『연상 남친 모집 중』이라는 답장이 돌아왔다.

저기 말이야. 네 머릿속은 순정만화인지도 모르겠지만, 이쪽에서는 범죄 다큐멘터리 프로그램이 시작됐다고.

제발 좀 살려줘.

내가 혼자서 스마트폰과 사투를 벌이고 있는데, "다 입었어요~" 안젤리카의 늘어지는 목소리가 들려왔다.

벌떡 일어나서 밖으로. 무장한 조폭 집단과 싸워도 피곤하지 않았었는데, 지금은 엄청나게 피곤한 기분이다.

"아빠 센스 좋네요. 전부 예쁘고 마음에 들었어요."

거실로 나와 보니 안젤리카가 침대 옆에서 활짝 웃고 있었다.

날 보자마자 팔을 뻗고는 반원을 그리면서 빙글빙글 돌았다. 여자애가 새로 산 옷을 남자친구한테 보여주면서 "어때? 예뻐?" 하는 그 움직임.

위쪽은 회색 파카. 아래쪽은 까만색 타이트스커트. 난 잘 모르겠지만 아마도 예쁜 옷이겠지. 양쪽 다리에는 타이츠도 신어서, 지금 같은 계절에도 춥지 않을 것 같다.

"에헤헤. 설마 속옷까지 사줄 줄은 몰랐는데."

"그래, 그래. 엄청 잘 어울린다. 예쁘다 예뻐."

"정말인가요오. 치마가 꽤 짧아서 너무 대담한 건 아닌가 싶었는데."

"하하하. 아빠는 딸의 치마가 아무리 짧아도 동요하지 않는 생물이거든."

"포장지에 설명 보면서 열심히 신어봤는데, 이 까만 양말은 정말 편리하네요. 얇은데도 엄청나게 따뜻해요~."

"그렇지? 내 고향의 기술력은 대단하다고."

안젤리카는 치맛자락을 들치고, "하반신 전체를 가리고 있으니까 이렇게 해도 괜찮겠죠"라면서 슬쩍슬쩍 치마 속을 보여줬다. 타이츠 안쪽이 희미하게 비친다. 까만 팬티. 리오 센스로 골라서 시크한 색이지만 안젤리카한테는 파스텔 톤이 더 어울릴 것 같단 말이야. 냉정하게, 그런 생각을 했다.

“밖에서는 절대로 그러지 말고. 자, 맛있는 것도 사 왔으니까 같이 먹자.”

“저기, 아빠.”

“왜?”

“어째서 아빠는 내가 이렇게 노골적으로 어필하는데도 냉정한 걸까, 싶어서.”

“그야 난 어른이고, 연애 대상도 내 또래니까.”

“흐~음.”

안젤리카가 도끼눈을 뜨고 날 노려봤다.

“왠지 『더 대단한 걸 봤는데 겨우 그 정도 가지고 뭘』 같은 느낌으로 보이는데, 기분 탓이려나?”

“그, 그럴 리가 있나.”

안젤리카는 손을 뒤로 깍지 끼고 “정말이려나~”라면서 몸을 앞으로 숙였다. 그 자세로 방 안을 돌아다니면서 “수상하네~”라고 말하며 곁눈질로 날 쳐다보기도 하고.

마치 명탐정이 증거가 넘쳐나는데도 잡아떼는 범인을 몰아넣는 것 같은 모션.

“저 말이죠, 사실은 발견했거든요.”

“……뭘?”

“종이 가방을 뒤졌더니, 이런 게~.”

안젤리카가 주머니 속에서 머리카락을 하나 꺼냈다. 검고 긴, 직모. 한눈에 봐도 예쁜 여자한테서 빠진 것 같은 증거물. 리오의 머리카락이 분명한, 찰랑찰랑한 긴 생머리의 일부……!

"아빠."

"……예."

"그러니까, 이 옷. 여자한테 사달라고 했죠? 어쩐지 아빠가 고른 것 치고는 묘하게 여자 마음을 잘 알고 고른 것 같더라고요."

"그게 말이지? 내가 여자 속옷을 사면 창피하고, 뭐가 좋은지도 모르지 않겠어?"

"예쁜 사람이었나요?"

"아니 별로…… 흔히 볼 수 있는 보통 여자애였어."

"엘자 씨랑 닮았죠."

"어떻게 알았어?"

안젤리카가 지금 그건 그냥 떠본 거였다고 말했다. 설마 맞았을 줄은 몰랐다고도.

"역시 아빠는 검은 머리를 좋아하는구나."

"아니라니까! 왜 갑자기 울먹이려고 하는 거야?!"

"사귀는 사람인가요? 그런 거죠. 이쪽으로 돌아온 지도 벌써 일 년이나 됐으니까. 연인 정도는 있겠죠."

하루에 두 번이나 열여섯 살 여자애한테 사귀는 사람 유무를 묻는 소리를 듣다니, 내 인생에서 처음 겪는 일이다.

최근 일 년 동안 내 사생활에 대해 물어본 사람이라고는 경찰밖에 없는데. 불심검문 하는 경찰 말고는 나한테 관심도 가져주지 않았는데.

이런 때는 어떻게 대응해야 하지.

"……뭐 그건 아빠 자유니까요. 저랑 아빠가 연인 관계도 아

니니까."

"뭐, 그렇지."

"제가 일방적으로 좋아한다고 하는 것뿐이고, 아빠는 아무 생각도 없으니까요."

"……아무 생각도 없는 정도는 아닌데……."

정말인가요? 안젤리카가 쥐어짜는 것 같은 목소리로 말했다.

"……제가 전혀 취향이 아니라서, 그래서, 아무것도 안 하는 줄 알았는데……. 그게 아닌 건가요?"

"아니라니까. 우, 울지 말고. 넌 정말 예뻐, 나도 열심히 욕망을 억누르고 있다고. 너 정도 또래 여자애들이 귀엽다고 생각하기는 하지만 손을 대면 죄악감이 더 클 것 같고, 나 자신이 싫어질 것 같아. 그래서 아무것도 안 하는 거고. 알겠지? 응? 이건 내 문제지 안제 네 탓이 아니야."

내가 대체 무슨 별명을 늘어놓고 있는 건지.

다 큰 남자가 십대 여자애한테 완전히 놀아나고 있다. 이게 대체 무슨 일인가.

용사인데. 스킬로 지형도 바꿀 수 있는데. 인간관계에는 아무런 도움도 안 된다.

"제가…… 정말로 예쁘다고 생각하시나요."

물론, 이라고 말하며 고개를 크게 끄덕였다.

그랬더니 안제가 내 옷 소매를 꼭 잡고 침대 위에 앉았다. 그리고는 뒤로 벌렁 드러누웠다.

"그럼…… 해주세요."

하다니, 뭘.

“오늘…… 그 머리카락 주인이랑 했던 거요. ……그 사람이랑 했던 거랑 똑같은 걸, 저한테도 해주세요.”

“뭐라고?”

안젤리카는 눈을 꾹 감고 귀까지 새빨개져서 외쳤다.

“잔뜩, 잔뜩, 야한 일을 하고 왔잖아요?! 그럼 저한테도 똑같이 해주세요! 그럼 아빠가 한 말을 믿을게요! 제가 예쁘다고 한 말도 믿을게요!”

“너, 폭주했다.”

“지금! 여기서! 아빠를 빼앗을 거예요! 검은 머리 여자한테서!”

【파티 멤버 신성 무녀 안젤리카의 독점욕이 600 상승했습니다.】

【안젤리카의 성적 흥분이 70%에 도달했습니다.】

【합의하에 성적 행위가 가능한 수치입니다. 실행하겠습니까?】

【실행할 경우 일정 확률로 자식을 만들 수 있습니다.】

【태어난 아이는 양친의 스테이터스 경향과 일부 스킬을 이어받으며 장비, 아이템 공유도 가능합니다.】

【또한 자식에게 클래스 양도도 가능합니다.】

【안젤리카의 성적 흥분이 71%에 도달했습니다.】

【안젤리카의 성적 흥분이 72%에 도달했습니다.】

【안젤리카의 성적 흥분이 73%에 도달했습니다.】

여전히 눈치라고는 전혀 없는 시스템 메시지한테, 넌 대체 내 인생을 어떻게 만들고 싶은 거냐고 따지고 싶어졌다.

창을 팍팍 닫으면서 결심했다.

좋다, 해주마.

나는 안젤리카 옆에 앉아서 "후회하지 마라"고 말했다.

"각오는 됐지? 내가 오늘 검은 머리 여자랑 한 일을 안제 너한테도 할 거야. 몇 번이고, 몇 번이고. 정말 그러면 되는 거지?"

안젤리카는 말없이 고개를 끄덕였다.

"아플지도 모른다?"

"어, 어차피 처음엔 아픈 거니까……! 각오하고 있거든요……!"

"알았어."

나는 안젤리카의 어깨를 툭 두드리며 말했다.

"그럼, 내일은 유령 퇴치다."

"예?"

"오늘 말이야, 리오라는 여자애 부탁을 받고 납치당한 오빠를 구하러 갔거든."

"……납치요?"

"한마디로 모험을 하고 왔다고. 악당을 퇴치했어. 안제도 똑같은 걸 하고 싶은 거지? 내일 아빠랑 둘이서 나쁜 유령을 찾아다니고 팍팍 해치우자."

"그…… 그 말을 어떻게 믿어요."

"뭣하면 그 여자애 본인하고 만나게 해줄 테고, 그 녀석 오빠도 내가 퇴치한 바보들하고도 만나게 해줄 테니까. 전부 똑똑히

증언해줄 거야! 자, 가자, 고스트 버스터! 오늘은 잘 먹고 잘 자고 준비해 둬라!"

"으에……."

호러는 싫어~! 라고 하면서도, 안젤리카의 얼굴에는 왠지 안심한 기색이 보였다.

제4장 CHAPTER 4

이세계 따위, 지긋지긋하다.

집에 가고 싶다. 부모님이 보고 싶다. 게임도 하고 싶다. 학교에 가고 싶다.

고블린도 오크도 드래곤도 데몬도 이젠 지긋지긋하다.

왜냐하면 어느 몬스터건 제일 먼저 날 죽이려고 드니까. 얼굴을 보자마자 덤벼 들어서 내 목을 물어뜯으려고 든다.

나는 일본에서 소환된 용사니까. 대장이니까.

나는 모든 마물의 적이고 모든 인간들의 편이다.

개인이 아닌 공인.

아니, 공유물(公有物).

이딴 건 공공도로나 공중화장실과 다를 것도 없다. 하지만 그것이 용사라는 삶의 방식이다.

말하자면 인프라니까, 나 혼자만의 인생이 아니다. 내가 실패하면 나라 전체가 탄식하고 내가 성공하면 나라 전체가 기뻐한다.

그래서 강해져야만 한다. 더, 더욱더. 더 높은 경지로.

그렇게 계속 단련한 나는 어느새 사상 최강의 용사라고 불리게 됐다. 사람들이 원한 이상적인 용사님이라는 틀에 내 몸을 욱여넣었다. 다 들어가지 못하고 남는 부분은 잘라버렸다.

소년으로서의 나. 일본인으로서의 나. 반에 좋아하는 여자애가 있고 장래에는 게임 디자이너가 되고 싶었던, 아주 평범한 중학생이었던 나.

그런 건 전부 남는 부분이니까 뜯어내서 버렸다. 그때마다 나는 강해졌고 다른 누군가가 되어 있었다.

마음만이 아니라 몸도 마찬가지.

화룡이 팔꿈치 아래를 잘라버렸지만, 마법으로 다시 만들어냈다. 잘린 팔은 투척해서 눈을 멀게 만들었다. 두 다리도, 가고일 무리한테 습격당했을 때 잃어버렸다. 이것도 마법으로 재생했다. 하다하다 머리까지 그렇게 됐다. 머리가 잘려서 데굴데굴 굴러가는 나와 잘린 부분에서 다시 나오는 새로운 나. 내 영혼은 대체 어느 쪽 뇌에 깃들어 있는 걸까?

잘, 모르겠다.

부모님이 낳아주신 내 원래 육체는 전투 속에서 대부분 상실해버렸다. 지금은 마법으로 새로 만든 부분이 더 많을 지경이다.

자신을 새로 만들어가면서까지 공략한 마성(魔城)은 열. 지켜낸 성은 여섯.

난 열심히 한 걸까?

그러니까 슬슬 나카모토 케이스케로 봐주면 안 될까. 용사가 아니라 그냥 케이스케로.

사람들을 위한 영웅 취급 받는 건 이제 충분하다. 그래, 뭐가 영웅인데. 뭐가 용사님인데.

엿이나 먹으라고!

내가 얼마나 괴로운지. 힘든지. 외로운지. 하나도 모르는 주제에.

가르쳐줘, 진짜 나는 어디 있지?

그딴 건 이미 전부 사라졌고, 지금 여기 있는 건 재생마법으로 배양한 용사님인가?

용사님~ 하고 간드러진 목소리로 부르며 다가오는 여자들. 용사 공, 이라고 아양 떠는 미소를 짓는 왕후 귀족. 용사는 존칭이니까 본명으로 부르는 것보다 기쁘겠죠, 같은 소리를 하며, 아무것도 모르는 주제에 배려한다고 착각하는 이세계 사람들.

누가, 날 이름으로 불러줘. 부모님이 지어준 이름으로. 고향이 생각나게 하는 느낌으로. 제발 부탁이야. 누가. 이래선 내가 누구인지, 나 자신도 모르게 돼버릴 것 같다.

——그러던 어느 날, 한 노예와 만났다.

"당신은 누구죠?"

노예의 이름은 엘자. 철이 들기 전에 고블린 무리에게 잡혀갔던 여자아이이다.

나이는 나와 같은 열일곱. 긴 검은 머리에 예쁜 얼굴의 소녀. 쓸쓸해 보이는 눈, 멍투성이의 마른 몸.

엘자는 잡혀간 뒤로 단 한 번도 소굴 밖으로 나오지 못했다. 고블린 소굴은 보통 어둠의 세계다. 사람은 자랄 수 없는 환경이겠지.

하지만 엘자가 끌려간 종유동굴은 천장이 크게 무너진 곳이었다. 그나마 햇볕을 쬘 수 있었던 덕분인지 기적적으로 살아남을 수 있었다.

엘자가 힘쓰는 일을 할 수 있는 나이가 되자 고블린 놈들이 마구 부려먹었다. 글도 모르고, 세례도 받지 못하고, 단순한 노동력으로만 키웠다. 때로는 화풀이 도구로.

덕분에 자신이 사람이라고 생각하지도 않았다. 무섭게도 엘자는 자신을 「이상하게 생긴 고블린」이라고 생각하고 있었다.

그런 엘자 입장에서 나라는 존재는 단순히 「나카모토 케이스케」였다. 용사라는 직함은 태어나서 그때까지 들어본 적도 없었겠지. 눈앞에서 고블린 무리를 증발시켰는데도 용사님이라고 우러러보지 않는 건 신선한 감각이었다.

"난 나카모토 케이스케."

"나카모토케이스케?"

"이제 괜찮아. 널 잡아 온 고블린 놈들은 괴멸됐으니까."

"나도 고블린인데?"

"넌 나랑 똑같은, 사람이야."

경악 때문에, 엘자의 눈이 휘둥그레졌다. 내가 사람, 이라고 작은 소리로 되풀이하며.

"널 때릴 고블린은 이제 없어. 족쇄도 풀어줄게. 넌 자유야."

"자유가, 뭐야?"

"그 의미를 알고 싶으면 날 따라와. 같이 사람들 사는 곳으로 가자. 싫어?"

"……싫지, 않아."

둘이서 소굴에서 나왔더니 마차가 마중 나와 있었다. 말을 모는 마부와 내 얼굴을 보고, 엘자가 신기하다는 듯이 고개를 갸웃거렸다.

그다음이 큰일이었다.

엘자는 인간 사회에 복귀하기 위해서 기나긴 싸움을 시작해야 했으니까.

거친 고블린의 습관을 떨쳐나고 인간 숙녀로 만든다.

얼마나 힘든 작업이었는지는 굳이 말할 필요도 없다.

아침부터 밤까지 글을 배우고 테이블 매너를 주입하는 날들. 차라리 고블린으로 살아가는 쪽이 행복했을지도 모른다는 생각을 할 만큼 엄격하게 가르쳤다.

마침내 엘자는 내 얼굴을 바라보는 시간이 늘어났다.

날 원망한다고 생각했다. 네가 쓸데없는 짓만 안 했어도 난 계속 고블린으로 살아갔을 텐데. 그렇게 원망하고 있다고.

하지만, 아니었다.

달빛이 아름답던 어느 날 밤, 엘자가 날 불러 세우고 말했다.

"어째서 케이스케는 다른 사람들이랑 다른 거야? 케이스케 얼굴은, 조금 밋밋해. 피부색도 노르스름하고. 다른 사람이랑 달라. 나랑도 달라. 당신은 어디서 왔어?"

엘자의 질문에, 나는 "일본"이라고 간결하게 대답했다.

"여기 말고 다른 세계야."

멀어? 엘자가 물었다.

"엄청나게 멀어?"

"얼마나?"

"다시는 돌아가지 못할지도 모를 만큼."

"일본 사람들은, 케이스케처럼 생겼어?"

"그래. 다들 나랑, 많이 닮았어. ……인종이 같으니까. 나랑, 똑같은 사람들이, 저쪽에는, 잔뜩 있어."

하지만 이쪽 세계에는 한 사람도 없다.

내 눈에서 저절로 눈물이 나오고 있었다. 왜 이렇게, 갑자기. 남자 주제에 한심하게.

눈을 벅벅 문지르는 나를, 엘자가 살며시 안아줬다.

"나도, 계속 그랬어. 나만 다르다고 생각하면서 살았어. 진짜 가족이랑 떨어져서, 좋아하지 않는 일을 했어. 케이스케 마음, 알아."

나는 이세계에 온지 3년 만에 처음으로 소리 내서 울었다.

그 뒤로 나와 엘자는 둘이서 자주 얘기하게 됐다.

신경 쓰이는 사람. 진심을 말할 수 있는 상대. 허물없는 이성. 거기서 연인 관계로 발전하는 데는 그리 오랜 시간이 걸리지 않았다.

"날 케이스케로 대해주는 사람은 엘자뿐이야."

"날 암컷 고블린이라고 말하지 않는 사람도 케이스케뿐이야. 다른 사람들은 전부, 어딘가 기분 나빠해."

"이 세계에 우리가 있을 곳은 없어."

"……있어. 둘이서 이렇게 있으면, 여기 있어도 된다고 느껴

져. 나랑 당신 둘이 있으면, 거기가 우리가 있을 곳이야."

"엘자는 나보다 현명하네. 처음부터 사람으로 살았으면 얼마나 출세했으려나."

"출세 같은 건 관심 없어. 케이스케랑 같이 있을 수만 있다면 신분은 상관없어. 노예라도 좋아."

엘자와 맺어진 밤에, 확신했다. 우리는 지금 이 순간, 사람으로 돌아왔다. 고블린에서 엘자로. 용사에서 케이스케로.

엘자. 난 너를 위해서라면 뭐든지 할 수 있어. 너만 있으면 다른 것들은 다 필요 없어. 틀림없어. 난, 널 지키기 위해서 이쪽 세계에 온 거야.

왠지 그리운 꿈을 꾼 것 같다.

하지만 일어나자마자 바로 머릿속에서 사라져버렸다.

겨우 몇 초 만에 생각도 안 나게 돼버리는데, 뭔가 꿈을 꿨다는 기억만은 남는다. 답답하고 쓸쓸한, 뇌의 주름 속에서 흔들거리는 신기루다.

아마도 잊어버리는 게 정답이겠지.

만약 슬픈 내용이었다면 오늘 하루 종일 마음에 걸릴 테니까. 어차피 내 꿈 따위는 눈을 감아버리고 싶어지는 것들 투성이다. 오늘 아침 꿈도 틀림없이 악몽이었겠지.

하지만, 아주 가끔씩 행복한 것도 있지만.

그래, 예를 들자면 고블린 소굴에서 엘자를 구해냈을 때의 꿈. 마지막으로 그 꿈을 꾼 게 언제였더라. 그 광경만은 내 끔찍한 이세계 생활 속에서 반짝반짝 빛나는, 몇 번을 꿔도 좋은 그런 꿈이지만.

침대 위에서 몸을 일으키고 크게 기지개를 켰다.

자명종 시계를 보니 6시 32분. 설정한 시간보다 일찍 일어나고 말았다. 오늘은 쉬는 날이라서 더 자도 되는데.

아무래도 20대 후반쯤부터 오래 자지 못하게 된 것 같다. 노화 현상이라는 걸까.

자는데도 젊은이나 체력이 필요하나 보네. 실제로 안젤리카는 내 옆에서 아주 잘 자고 있으니까.

그것도, 엄청나게 무방비한 차림새로.

잠옷이 없어서 어쩔 수 없이 내 셔츠를 빌려줬는데, 그게 큰 실수였다. 뭐랄까, 거사를 치른 다음 같은 분위기를 자아내고 있다고나 할까. 그 밑에 입은 것이 팬티 하나뿐이라는 점도 상당히 좋지 않다. 어째서 이렇게 마른 주제에 엉덩이랑 허벅지에는 살이 잔뜩 붙은 거냐고.

어디를 봐야 할지 엄청나게 곤란해지는데 말이야.

……나랑 애가 같은 침대에서 자면 안 되겠지.

방의 공간이 부족하다는 물리적인 사정이 있기도 하지만, 그것보단 언제 무슨 일이 일어날지 모른다.

내 볼을 짝짝 때려서 이성의 스위치를 켰다.

안젤리카는 소녀고 난 아저씨. 손대는 건 말도 안 된다. 아직 어려 보이는 잠든 얼굴을 보며 마음속으로 굳게 맹세했다.

나는 무슨 일이 있어도 이 아이를 옳바른 길로 이끌어줘야만 한다.

그래, 이제 괜찮아.

마음을 완전히 아버지 모드로 전환하고, 부드러운 눈으로 안젤리카를 봤다.

꼭, 나 말고 다른 남자를 좋아해야 한다.

오늘 나는 안젤리카를 데리고 밖에 나갈 예정이다.

아무리 봐도 현대인 같은 옷을 입히고, 평범한 여자애처럼 보이게 해서. 즉, 안젤리카는 태어나서 처음으로 또래의 젊은 남자를 보게 된다는 뜻이다. 작업하는 사람이 있으면…… 그것도 좋고.

남자한테서 완전히 격리돼서 자라는 직업 신성 무녀. 오로지 신의 기분을 맞추기 위한 소녀. 사람들을 안심하게 만들기 위한, 살아 있는 제물이다.

마치 공공기물 같은 인생을 살아왔으니, 이쪽 세계에서 잃어버린 청춘을 충분히 되찾아야 한다.

젊고 잘생긴 남자한테 빼앗기게 된다고 생각하니 조금 분한 기분도 들지만, 그게 안젤리카한테도 가장 좋은 일이니까.

나는 옷을 갈아입고 재빨리 아침 식사를 준비했다.

테이블 위에 식사를 차려놓고 안젤리카를 깨웠다. 어깨를 흔들면서,

"아침이다."

라고 불렀다.

대답은 "으으음~" 하는 칭얼거리는 목소리. 왠지 고양이 같다.

진짜 고양이라면 차라리 다행인데.

사람인데다 외국인이면 손해만 볼 뿐이다. 여권도 비자도 없는 외국인 소녀. 그런 사람이 현대 일본에서 살아가려면 엄청나게 힘들 테니까.

이물질로서 살아가는 괴로움은 나도 잘 알고 있다. 반드시 이 아이에게 걸맞은 있을 곳을 만들어줘야만 한다. 반드시. 나는 주먹을 꽉 쥐어서 기합을 넣고는 안젤리카를 깨웠다.

"일어나, 안제."

"안녕히 주무셨어요…… 너무 일찍 일어난 거 아닌가요……."

잠이 덜 깬 눈으로 꾸물꾸물 화장실로 걸어가는 뒷모습을 지켜보면서 오늘 일정을 정리해봤다.

먼저 감지 스킬로 집 주변을 탐색해서 귀신을 찾는다.

그 뒤에 시내를 탐색. 마지막으로 곤도를 협…… 설득해서 안젤리카의 신분증명서를 구한다.

이 정도겠지. 커피를 마시면서 확인을 마쳤다. 아주 자연스럽게 반사회적인 발상이 섞여 있는 걸 보면 나도 갈 데까지 간 것 같다.

뭐 어때. 내 끝나버린 인생 따위는 얼마든지 망쳐주겠어. 미래가 잔뜩 남아 있는 안젤리카한테, 아빠가 주는 선물이다.

혼자서 생각에 잠겨 있는데, 완전히 정신을 차린 안젤리카가 날 끌어안았다.
“아침부터 왜 그래. 응석 부리고 싶어졌어?”
“후후후~.”
안젤리카는 「좋은 걸 발견했다」는 얼굴. 시선은 내 턱에 고정돼 있다.
“수염, 수염, 수염. 까칠까칠, 수염~”
뭘 하나 했더니 이상한 노래를 부르면서 내 턱을 만져댔다.
“깎기 전에 만져보고 싶어서요.”
남자의 꺼칠한 피부가 신기한지, 안젤리카는 열심히 감촉을 확인했다.
……안젤리카의 과거를 생각해보면 이러는 것도 이해가 되지만, 이거 심장에는 좋지 않네. 머리카락에서는 어제 썼던 샴푸와 린스 향기가 나고.
왜 안젤리카한테서는 이렇게 좋은 냄새가 나는 걸까.
처음 만났을 때도 그랬다. 이세계 사람인데도 일본 여고생들과 별다를 것 없는 달콤하고 청결한 냄새가 났다. 저쪽 세계에는 고작해야 비누밖에 없는데.
아니면 내 방에 소환된 뒤에 내가 돌아올 때까지 알아서 샤워라도 한 걸까, 라는 상상도 해봤다.
말도 안 되지. 안젤리카는 내가 가르쳐줄 때까지 수도꼭지 돌리는 방법도 몰랐으니까.
“아빠? 움직임이 멈췄는데?”
내 턱에 볼을 들이대는 안젤리카와 눈이 마주쳤다. 커다란 녹색 눈동자.
"내 수염에 얼굴 문지르는 게 재미있어?"
"엄~청."
숨이 조금 거칠어지기까지 한 게 완전히 변태다. 성별과 나이가 반대였다면 잡혀가는 건 이 녀석이겠지.
"……안제 너 말이야, 내가 처음 본 남자지?"
"그렇죠."
"뭔가 다른 반응도 있지 않을까 싶은데. 무섭다거나 기분 나쁘진 않아? 여자랑 너무 달라서 관심보다 무서운 감정이 앞설 것 같은데."
잘도 만져대고 이상한 눈으로 쳐다보고 하네.
처음 본 우주인을 보고 울끈불끈 하는 것 같잖아?
그렇게 생각해보면 존경하는 기분까지 든다. 내가 무서운 것을 보는 눈으로 쳐다봤더니, 안젤리카는 슬며시 얼굴을 떼면서 말했다.
"외모에 대한 지식 정도는 있었으니까요."
신전에서도 어느 정도의 성교육 정도는 하는 걸까?
뭐, 그렇지 않으면 나한테 다가오는 자체가 불가능하겠지. 야한 짓이 뭔지도 대충 알고 있는 것 같고.
"신전에 남자 신을 그린 그림이나 석상이 잔뜩 있거든요. 아무리 신성 무녀라도 남자가 어떻게 생겼는지 정도는 파악하고 있어요."
"그런 걸로 배운 거야?"

"나체상이라도 들어온 날에는 무녀들이 온통 난리가 난다니까요. 다 같이 잡아먹을 듯이 구경했어요."

"……그런 현실은 알고 싶지 않았어."

소녀들의 꽃밭의 이미지가 와르르 소리를 내며 무너졌다.

"어? 정말 이렇게 생긴 거야? 라면서, 다 같이 신상을 둘러싸고 만져보기도 했었죠."

"꼭 여학교 같네."

"돌로 된 남성상을 만져봤자 아무 재미도 없지만요. 냄새도 소리도 하나도 없으니까."

그래서 이쪽이 더 좋아요~라고, 안젤리카는 생글생글 웃으면서 내 턱을 만져댔다. 생글생글 정도가 아니라 당장이라도 녹아버릴 것 같은 얼굴이다.

"다른 사람한테 보여줘선 안 될 표정이다."

"그치만, 행복한데요."

상냥하고 마음껏 만지게 해주는 아빠가 있다니, 전 정말 복 받은 딸이에요. 안젤리카가 그렇게 속삭였다.

난 그렇게 좋은 아버지가 아닌데 말이야.

그런데도 잘 따라주는 건가? 이렇게나?

나도 모르게 안젤리카의 뺨으로 오른손을 뻗고 말했다. 안돼, 뭘 하는 거야.

내 나름대로 안젤리카를 떠나보내야 한다는 사실에 쓸쓸한 기분이 들었을지도 모른다.

"……알지, 안제. 오늘은 밖에 나갈 거야. 나보다 젊은 남자들이 잔뜩 돌아다니는.”
“예!”
“좋은 눈빛이다. 기대되니?”
고개를 끄덕이는 안젤리카의 뺨을 엄지손가락으로 쓰다듬었다.
완전히 성희롱이네. 이번으로 끝낼 테니까 용서해줬으면 좋겠다.
“밖에서 멋진 남자를 발견하면, 그 사람 따라가도 돼.”
“……?”
안젤리카의 얼굴에서 표정이 사라졌다. 아까까지의 좋은 기분이 거짓말이었던 것처럼.
“이쪽 세계에서 사는데 필요한 절차는 내가 알아서 처리할 테니까. 필요한 것들은 내가 나중에 전해줄게.”
“……왜 그런 말을 하세요?”
“난 돈도 없고 나이도 벌써 서른이 넘었어. 만약 안제한테 딱 어울리는 젊은 사람이 있으면, 그 사람이랑 사는 게 더 좋아.”
“저, 방해되나요? 한마디로 나가라는 얘긴가요?”
“설마……. 너랑 있으면 정말 즐거워. 그래서 하는 얘기야. 안제가 소중해서 하는 말이라고.”
“……의미를 모르겠어요.”
“부모 마음이라는 거야. 난 네가 행복하기를 바란다고. ……무슨 말인지 알겠지?”
안제의 대답은「내 엄지손가락을 덥석 물기」였다.

"즈알, 모으에어여."

"……그래선 발음하기 힘들 텐데."

내 손가락을 쪽쪽 빨면서, 안젤리카가 말했다.

"아후. 다른 남자는 좋아할 리가 없어요."

말을 못 알아듣는 아이네. 상대가 내가 아니었다면 오래전에 덮쳤을 거라고 주의를 줬다.

"아빠라면 덮쳐도 되거든요."

당장이라도 울 것 같으면서 유혹하는 것처럼 보이기도 하는 저 눈. 어린애 주제에 잘도 저런 표정을 짓는다고, 그저 질려버릴 뿐이다.

"젊은 남자 따위는 필요 없거든요. 남자친구랑 아빠를 둘 다 해줄 수 있는 사람은 아저씨밖에 없잖아요. 그리고 전…… 아빠 맛을 좋아하고."

"마, 맛이라고?"

"후후. 아빠 빨개졌다."

눈을 살짝 치켜뜨고 맹렬하게 구애하는 안젤리카는 더 이상 똑바로 쳐다보는 자체가 불가능한 위험물이다.

나도 모르게 눈을 돌렸다. 그런 건 반칙이잖아. 누가 보면 틀림없이 체포된다.

체포.

……범죄.

그렇, 겠지.

냉정하게 생각해보면 아침 댓바람부터 열여섯 살 불법체류자 소녀가 내 손가락을 쪽쪽 빨았으니까.

스마트폰 통신 이력은 리오의 가슴이 슬쩍 보이는 셀카 사진으로 오염됐고. 어제는 조폭 사무실에 쳐들어갔고. 그 전날에는 고등학생이랑 싸움.

어라……?

나 혹시 곤도보다 위험한 놈 아냐?

겨우 며칠 만에 범죄 올림픽 메달리스트 후보까지 올라간 것 아냐?

도핑 의혹이 생길 정도로 심한 것 아냐?

너무 치고 나온 것 아냐?

길바닥에서 하반신을 노출하는 변태 정도는 이미 상대도 안 되고, 내 앞에 있는 건 유명한 연쇄 살인범 정도밖에 없는 것 아냐?

그나저나 이런 레이스는 보고 싶지도 않네. 무슨 지옥도 아니고.

"내가 어느새, 이 정도 위치에……."

조용히 눈을 감았다. 슬픔에 잠겨서 안젤리카의 입에서 있는 손가락을 뺐다.

"……밥이나 먹자. 손가락을 빨아도 배는 안 부르잖아."

"죄, 죄송해요 아빠. ……그렇게 싫었어요? 정말 슬픈 얼굴인데. ……남자도 갑자기 이런 짓 하면 기분이 나쁜가 보네요. 그렇겠죠. 제가 이런 경험이 없어서 거리감을 잘 모르거든요. 다시는 안 할 테니까 싫어하지 마세요."

"안제 때문이 아니야. 이래저래 회상하다가 마음이 가라앉은 것뿐이거든."

"회상?"

아! 알았다, 저 보면서 엘자 씨 생각했죠! 라고 전혀 맞지도 않는 해석을 한 안젤리카는 순식간에 힘이 돌아왔다.

"흐흥~ 괜찮아요~ 더 생각하세요. 이러고 있으면 옛날 연인 생각이 나는 거죠~? 절 엘자 씨 2호라고 생각하고, 얼마든지 마음대로 하세요."

"연애 경험이라고는 하나도 없는 주제에 뭘 잘난 척 떠드는 건지."

전보다 더 달라붙는 안젤리카 때문에 당황하면서도, 어쨌거나 아침 식사를 마쳤다.

그 뒤에 이를 닦고 식후 휴식. 누워서 빈둥대고 있었더니 벌써 일곱 시 반이다.

"슬슬 가볼까."

안젤리카에게 말하고 둘 다 옷을 갈아입었다.

나는 다 늘어난 터틀넥과 청바지라는, 하나도 멋있지 않은 조합. 어차피 그 위에 두꺼운 코트를 입을 테니까 뭘 입어도 상관없다.

……그렇게 생각했지만, 잘 생각해보니 그 코트조차도 허름했다.

반대로 안젤리카 쪽은 어제 새로 산 파카와 치마라서 번쩍번쩍한 새것.

큰일 났네. 안젤리카는 모델처럼 보이는데, 난 무슨 노숙자 같잖아.

이렇게 둘이서 걸어 다니면 어떤 관계로 보이려나? ……외국인 종교 관계자 소녀의 안내를 받으며 노숙자 배급소로 가는 부랑자……?

"끔찍해. 너무 끔찍해."

"?"

나 혼자 피해망상에 빠지면서 현관 밖으로 나갔다. 좀 더 차림새에 신경 써야 하려나.

……에잇, 아침부터 왜 혼자 우울해지고 난리야. 오늘은 안젤리카랑 같이 귀신 소동을 조사할 거잖아.

조금 지나서 안젤리카도 나와서 문을 잠갔다. 요즘 빈집털이가 많다고 하니까 잘 잠가둬야지.

"그게 이쪽 세계의 열쇠인가요?"

"그래. 그쪽하고 별로 다를 것도 없지?"

몸을 숙이고 찰칵찰칵 문을 잠그다가 문득 옆집 문이 눈에 들어왔다.

우편함에 신문이 잔뜩 꽂혀 있다. 이대로 두면 바닥에 다 떨어질 정도로. 사실 며칠 전부터 이런 느낌이었다.

나랑 안젤리카가 그 난리를 쳤는데도 아무 반응이 없었던 걸 보면 한참 동안 집을 비웠다고 생각해야 하려나.

혹시 여행이라도 간 건 아닐까?

하지만 혼자 사는 할아버지가 관광을 가는 것도 이상하고.

나도 모르게 안 좋은 상상을 하고 말았다

감기 때문에 누워 있고, 신문 가지러 나올 기력도 없다든지. 내가 모르는 사이에 병원에 실려 가서 입원했다든지.

……고독사, 라든지.

집주인한테 말이라도 해줄까. 고민하는 사이에 안젤리카가 먼저 계단을 내려갔다.

“밖이다, 밖~!”

상당히 신이 나서.

젊은 애가 기껏 다른 나라까지 와서 계속 방에 틀어박혀 있었으니 이럴 만도 하겠지.

“일본에 대해서 아무것도 모르잖아. 내가 안내해줄 테니까 잠깐 기다려.”

급하게 따라갔다. 옆에 서자 안젤리카가 당연하다는 듯이 팔짱을 꼈다.

“계속 이러고 싶었거든요. 평생 여자들만 있는 신전에서 살아야 하겠지~ 라고 생각했으니까. 남자랑 같이 걸어 다녀보고 싶었어요.”

그렇게 말하고 슬며시 웃었다. 눈과 코가 살짝 빨갛다.

기쁘면서도 쓸쓸해 보이네.

지금 안젤리카의 기분은 두근두근하는 연심과 이성에 대한 관심이 아닐지도 모른다. 박탈당한 인생을 되찾고 있다는 감동과 달성감은 아닐까.

내가 엘자 덕분에 용사에서 케이스케로 돌아왔던 것처럼. 이 소녀도 신성 무녀에서 안젤리카로 돌아오고 있는 중인지도 모른다.

그렇다면 제대로 에스코트 해줘야겠다고 결심을 다졌다.

“나한테 맡겨. 오늘은 그냥 귀신 퇴치로 끝나지 않을 테니까. 꼭 안제를 즐겁게 해줄게.”

“아빠?”

“그러니까…… 데이트 비슷한 것도, 말이야? 해볼, 까?”

그런 울음을 터트릴 것 같은 표정을 봤으니까 말이야.

네가 잃어버린 아버지나 연인과 보냈을지도 모르는 시간. 그것들을 내가 메워주고 싶다고 생각해. 오늘만은 내가 아빠이자 남자친구다.

오늘만이지만, 정말로.

“……갑자기 무슨 소리세요. 제가 그렇게 엘자 씨처럼 굴었어요?”

“또 그 얘기냐. 엘자는 상관없어. 딱히 널 보고 엘자 생각을 하는 것도 아니고.”

그쪽은 주로 리오를 보면 생각이 나니까. 얼굴이 엘자를 쏙 빼닮아서.

“안제는 안제야. 엘자가 아니라.”

“흐~응……?”

“안제라서 데이트 하는 거야.”

“흐, 흐~응.”

“오, 얼굴 빨개졌다. 아까 복수다.”

"흐, 흐흐흐~응."

이건 거의 맞장구가 아니라 콧노래잖아.

묘한 소리로 동요를 감추려는 안젤리카를 보고 있자니, 어린 여자애를 놀리는 재미가 뭔지 알게 될 것 같다.

잠깐만, 내 취향은 20대 후반 여자거든?

이건 어디까지나 안젤리카의 인생을 되찾아주기 위한 거라고, 절대로 잊으면 안 돼. 그렇게, 나 자신에게 말했다.

"먼저 감지부터 해두자. 데이트는 그 뒤에…… 솔직히 감지하면서 걸어 다닐 수 있으면 좋겠지만. 할 수 있겠어?"

"MP가 팍팍 깎여나가지만 되긴 해요."

"좋았어. 아, 그 전에 세이크리드 서클을 해제해야지."

이대로 두면 안제가 걸어가기만 해도 주변에 있는 악령들이 튕겨져 나가니까. 찾아서 토벌하는 게 목적인데 쫓아내면 의미가 없잖아.

둘 다 눈을 감고 스킬에 정신을 집중했다.

안젤리카의 감지 발동, 그리고 결계 마법 종료가 시스템 메시지에 표시됐다.

준비 완료. 우리는 팔짱을 끼고 산책을 시작했다.

집에서 떨어져서 초라한 도로를 걸어갔다. 일일이 신이 나서 "저건 뭐죠?"라고 물어보는 안젤리카에게 이것저것 가르쳐줬다.

"길이 전부 포장돼 있는데, 여기는 유복한 나라인가요?"

"벌써 25년 가까이 경기가 좋지 않다는 것 같지만, 일단은 이쪽 세계에서 세 번째의 경제 규모라는 것 같아. 대략 200개쯤 되는 나라 중에서 3위니까 유복하다면 유복하겠지. 큰 실감은 없지만."

"헤에~. ……어라? 그렇다면 이 나라에서 태어나고 자란 아빠는 꽤 부잣집 사람이겠네요?"

"중산층이야, 중산층."

둘이서 이야기를 나누며 걸어가는 동안에 몇 번인가 젊은 남자들과 지나쳤다.

하지만 안젤리카는 금세 질려버린 것 같다.

처음에는 슬쩍 쳐다보기도 했지만 바로 관심도 보이지 않게 돼버렸다. 노인이나 중장년 남성은 계속 쳐다봤으면서.

"너, 연상이면 아무나 다 좋은 거냐……."

"그런 건 아니고요."

지나가는 사람들의 평균 연령이 너무 높지 않은가요? 안젤리카는 흥미롭다는 듯이 어르신들을 보고 있다.

"좀 더 젊은 사람들이 많아도 될 것 같은데 말이죠~."

"꽤나 예리한데."

겨울방학인데도 젊은 사람들이 거의 없으니까. 대조적으로 산책 나온 노인들은 자주 출현했다. 방학 중인 학생들은 오전 중에 늦게까지 자는 경향이 있다고 해도, 아무래도 조우율이 너무 낮은 것 같고 말이야.

안젤리카가 궁금해하는 것도 무리는 아니지. 많이 낳고 많이 죽는 이세계에서는 젊은 층이 압도적으로 많았으니까. 오히려

고령자는 상당히 보기 드문 존재라서, 마을 하나에 몇 명 정도 밖에 없을 정도였다.

"단순히 노인이 많은 거야. 지금 우리나라는 고령화가 엄청난 속도로 진행돼서, 네 명 중에 한 명이 65세 이상이라는 것 같아."

"예~! 어쩌다 그렇게 된 거죠?"

"수명이 기니까. 보통 남자는 80세, 여자는 80대 후반까지 산다고 하니까."

"……혹시, 여기는 엘프의 피를 이어받은 사람들이 사는 나라인가요?"

뭐라고 설명해야 하려나.

과학기술이네 의학이네가 엄청나게 발전해서 온갖 병들을 근절했네. 식량 사정이 개선됐네. 복지네 하는, 지구 인류가 걸어온 역사에 대해 한참 동안 설명해야 하니까.

중학교밖에 안 나온 내 지식 가지고 제대로 설명할 수 있을지도 불안하고.

"예에……. 여러모로 열심히 했군요, 지구 사람들은."

"오, 바로 지금 배운 말을 쓰고 있네."

"여기는 지구고, 일본. 기억했어요. 그것 말고도 기억해 둘 포인트가 있나요?"

"이젠 없어. 필요하면 가르쳐줄게."

젊은 만큼 학구열이 강하다. 십대의 뇌는 스펀지 같으니까. 뭐든지 흡수하려고 든다.

눈이 부셔서 쳐다보기 힘들 정도로.

안젤리카 쪽은 어째선지 눈을 가늘게 뜨고 이쪽을 보고 있다. 눈부시다…… 는 것보다는 동정하는 것처럼 보인다.

내 옷이 너무 후져서 불쌍해 보이는 걸까?

"내 얼굴에 뭐가 묻었어?"

"아빠, 너무 불쌍한 것 같아서요."

"역시 옷 때문인가?"

"옷?"

무슨 얘기죠? 라는 것처럼 고개를 갸웃거렸다.

"옷이 아니라 뭐가 불쌍하다는 건데?"

"아빠가."

"그게 무슨 뜻이야?"

안젤리카의 눈이 나한테 고정됐다. 강한 의지가 느껴지는 빛이 깃들어 있다.

"이 나라는 몬스터도 없고, 전쟁도 없고, 유복하고, 누구든 읽고 쓰기를 배울 수 있고, 노인들이 이렇게 많아질 정도로 오래 사는 게 당연하고, 오락거리도 충실해요. 그렇죠?"

"그렇게 늘어놓으니 엄청나게 복 받은 나라 같네."

"복 받았어요."

안젤리카는 바로 딱 잘라서 말했다.

"아빠는 우리 세계로 소환되지 않았다면 여기서 평화롭게 살았잖아요……? 지금쯤 이쪽 세계 여자랑 결혼해서 아이도 낳았고. 몇십 년 정도 지나서, 80살 정도에 죽고. 많은 재산을 남기고. 그런 인생을 빼앗기고 용사가 됐잖아요. ……기껏 만났던 엘자 씨도 잃었고."

"지난 일이야. 이젠 신경도 안 써. 만약에 내가 계속 이쪽에서 살았다고 해도 시시한 회사원이나 됐겠지."

거짓말이다. 나만큼 이세계 소환을 증오하는 사람도 없을 테니까.

하지만 그런 모습을 드러내지 않는 게 어른이겠지.

"분위기가 무거워졌네. 화제를 바꾸다. 뭔가 감지에 걸린 건 있어?"

안젤리카가 지금까지는 아무것도, 라면서 고개를 저었다. 동시에 내 두 손을 꼭 잡았다.

"아빠, 잊지 말아요……. 아빠가 모든 것을 버리면서까지 마왕을 쓰러트린 보수가 저라고요. 제 젊음도 몸도, 아빠한테 바치기 위한 거예요."

바람에 춤추는 낙엽을 보며, 대답했다.

"너야말로 잊지 마. 신성 무녀 짓을 하면서 오랫동안 사람들의 신앙에 보답한 만큼, 이쪽 세상에서는 여자의 행복을 실컷 맛보라고. 좀 더 젊고 멋진 남자와 사귀고."

"……저랑 똑같은 얘기를 하셨네요?"

"응? 그런가…… 서로 닮았는지도 모르겠네."

아쉽게도 이 근처에는 아무것도 없는 것 같다. 두 사람의 의견에서 타협점을 찾을 수도 없고, 찾고 있는 망령도 나오지 않고.

◇ ◇ ◇

우리는 역 쪽으로 가기로 했다.

장소를 바뀌면 기분도 달라질 거라고 생각했기 때문에.

그보다 제발 좀 달라져 줘. 제발. 고개까지 숙였는데, 안제는 말수가 줄어들 뿐이었다.

"미안해. 잘은 모르겠지만 나한테 화가 난 거지? 평소처럼 시끄럽게 굴어줘."

"화 안 났거든요."

"그럼 뭔데."

"눈, 치, 도, 없, 어!"

듣던 대로 벽창호네요! 안젤리카가 질렸다는 표정을 지었다.

"아빠는 자기를 함부로 대하는 천재죠?"

"그런 성격이 아니면 용사 짓은 못하니까."

"이미 정했어요. 전 아빠가 뭐라고 하건, 절 미워해도 같이 있을 거예요. 노후에도 돌봐드릴 테고. 시집도 안 갈 거라고요."

대체 왜. 곤혹스러워하면서 걸어갔다.

그대로 한 시간 반 정도 걸었으려나.

역 앞을 빙글빙글 돌면서 감지하는 사이에, 어느샌가 비즈니스호텔들이 줄지어 있는 곳까지 왔다. 그동안 안젤리카는 거의 아무 말도 없었다. 뚱~ 하게 부은 얼굴로.

"가게들 문 열면 어디 가서 쇼핑이라도 하자."

"……."

"뭐 필요한 거라도 있어?"

"……없어요~"

얼굴과 목소리는 화가 났지만 팔은 엄청 꼭 붙잡고 있네.

위팔에 가슴을 엄청 들이대고 있고. 이거, 아까보다 더 가까워졌잖아.

여자 마음은 모르겠다. 시스템 메시지가 호감도네 정신 상태네 하는 것들을 가르쳐주면 좋겠는데 말이야. 꼭 중요할 때면 아무 말도 없다니까. 애당초 인격이라는 게 없을 테니까 눈치도 없겠지.

"그럼, 진지한 얘기를 할까. 유령이나 고스트, 스펙터 같은 건 찾았어?"

"……하나도 없는데요."

"그래. 어디에 잠복하고 있으려나."

내가 턱에 손을 대고 생각하는데, 안젤리카가 "아" 하는 소리를 냈다.

"왜 그래?"

"저거 예뻐요. 저기 들어가고 싶어요."

디저트 카페라도 봤나?"

그런 목가적인 생각을 하면서 안젤리카가 가리킨 쪽을 봤다.

가느다란 손가락이 가리킨 쪽에는 무기질적인 경관이 펼쳐져 있다. 회색 빌딩들. 허름한 주차장. 핑크색 성. 이 중에서 여자애가 「예쁘다」고 표현할 만한 것이라면…….

저거, 겠지.

회색 거리에서 너무나 눈에 띄는, 분홍색 지붕의 팬시한 건물. 중세의 성과 현대 건축을 비벼놓은 것 같은 외관이다. 안젤리카의 손가락은 아무리 봐도 그 건물을 조준하고 있었다.

"저 지붕이 예뻐요. 가보고 싶어요. 아하하, 뭐예요~ 저 화 안 났어요, 아빠. 제가 말이 없었던 건 감지하면서 걸어 다니느라 피곤해서 그런 거였다고요."

성 옆에 있는 간판을 봤다. 패션 호텔 아마리리스. 서비스 타임 평일 오전 6시~9시는 6시간에 3,560엔. 2명 기준.

"여기는 휴식하는 곳인가요? 마침 잘됐네요, 좀 쉬었다 갈래요? 어서요. 쉬면서 화해해요~. ……어, 어째서 그렇게, 큰 죄를 지어서 괴로워하는 것 같은 얼굴이죠?"

이봐요, 안제 씨. 넌 아무것도 모르니까 그렇게 웃고 있겠지만 말이야.

여기는 러브호텔이라고 하는 곳이야.

10대 여자애가 대낮부터 이런 곳을 가리키면서 좋아하면 안 된다고. 게다가 나 같은 아저씨랑 팔짱을 낀 상태에서. 뭔가 부적절한 분위기가 감도는 이런 상황에서!

"아~빠~아~. 여기서 놀다 가요~."

"여기 말고는 어디든 데려가 줄게. 원한다면 놀이공원이라도 가줄 테니까. 하지만 여기만은 절대로 안 돼!"

"어째서요? 뭐 어때요. 응~ 파파~."

"저 호텔 앞에서 그렇게 부르면 큰일 나거든?! 왜 갑자기 파파라고 부르는 거야?!"

"그야, 이렇게 부르면 제 말을 잘 들어줄 것 같아서요. 파파라고 부르는 건 싫은가요?"

나는 황급히 안젤리카의 손을 잡아끌면서 그 자리를 벗어났다.

스마트폰을 꺼내서 확인해보니 시간이 벌써 열 시가 지났다. 어지간한 가게들은 오픈할 시간대다.

"……서점에 가보자. 뭔가 마음에 드는 게 있으면 사줄게. 의자도 있으니까 쉴 수도 있고."

기분이 풀린 것 같은 안젤리카한테 그렇게 말했다.

"책, 말인가요? 그거 비싸지 않나요."

"이쪽에선 종이가 귀중품이 아니야."

내가 일본에 돌아와서 제일 먼저 했던 것은 정보 수집이었다.

2000년부터 2017년까지 사이에 무슨 일이 일어났을까? 현재의 상식은 어떻게 됐을까? 그걸 알고 싶어서 미칠 지경이었다.

안젤리카도 아마 같은 심정일 것 같고.

"여러모로 궁금하지 않아? 이쪽에 대해. 참고가 될 만한 책이 있으면 사자."

"역시 이세계 소환 경험자. 잘 아시네요."

내 방에도 책들은 있지만, 거의 중세 사람인 안젤리카한테 맞을지는 모르는 일이고. 겨우 17년분의 지식만 메우면 되는 나와, 수백 년에 가까운 차이를 메워야 하는 안젤리카는 필요한 정보의 양이 다르겠지.

인터넷으로 배우는 것도 생각해봤지만 이쪽은 나쁜 영향을 줄 수 있을 것 같으니 기각. 이 녀석 성격을 보면 틀림없이 이상한 동영상을 검색할 것 같고.

그리고 내 컴퓨터에 있는 사진 폴더도 들키면 안 되니까.

그래서, 책.

“책이 싸다니, 이상한 나라네요. 종이가 하늘에서 눈처럼 떨어지기라도 하나요?”

“인쇄 기술 발전 어쩌구에 대해서는 나도 잘 몰라. 아무튼 가보자. 그런 것도 알아볼 수 있을지도 모르니까.”

응석 부리는 안젤리카와 함께 길을 걸어갔다. 건널목을 지나, 큰길에서 약간 벗어난 곳으로 갔다.

“사람이 점점 줄어드네요?”

“지금부터 가는 가게는 소위 말하는 남들이 잘 모르는 곳이거든.”

내가 지금 가려는 곳은 그렇게 큰 서점은 아니다.

요즘 세상에 보기 힘든 개인이 운영하는 헌책방이고, 이름은 오오츠키 고서점.

보기 힘든 책도 많고 가격도 적당해서 좋아하는 곳이다. 인테리어 취미도 좋으니까, 아마 안젤리카도 좋아하겠지.

그렇게 즐거운 상상을 하는데, 찬물을 끼얹은 느낌이 왔다. 안젤리카가 갑자기 발을 멈추고 내 소매를 세게 잡아당기면서.

“있는 것 같아요.”

뭐가, 라고 물었다.

“믿을 수 없을 만큼 사악한 존재예요, 이거.”

"드디어 나온 건가."

식은땀을 흘리는 안젤리카. 평소처럼 밝은 모습은 찾아볼 수가 없다.

"……이 느낌, 엄청 기분 나빠요. 뭐지. 악마를 바짝 졸여서 진국을 만들어도 이렇게는 안 될 것 같아요."

"어디 있지?"

저쪽. 안젤리카가 떨리는 손가락으로 한 가게를 가리켰다. 그곳은 마침 내가 지금 가려던 곳.

그렇다, 오오츠키 고서점이다.

"말도 안 돼."

내가 찾아낸 가게. 나만의 은신처. 날 치유해주는 곳. 거기에, 감지 스킬에 걸릴 정도로 엄청난 것이 숨어있다.

"틀림없어?"

예, 하고 안젤리카가 고개를 끄덕였다.

"영체의 기척하고는 조금 다르지만…… 하지만 아무리 영체라도, 이렇게까지 악한 성질을 내뿜지는 않을 것 같아요."

"이상한 술법으로 사령(死靈)들을 조종하고 있을 지도 모르겠네."

생각하고 싶지도 않았다. 저 서점은 나한테 정말 잘해준 곳이다. 나는 어째선지 21세기의 역사만 알고 싶어 하는 기묘한 손님인데, 그런 특수한 손님의 요구에 맞춰서 다양한 책들을 구해줬다.

"정말…… 저기가 맞아?"

온몸에서 힘이 빠져나가는 느낌이 들었다.

"가보죠."

안젤리카의 말을 듣고 유령 같은 걸음으로 걸어갔다. 한 걸음 걸어갈 때마다 몸이 차가워진다.

오오츠키 고서점은 자택 일부를 개장해서 만든 작은 점포다.

점주는 사람 좋은 아주머니고, 외동딸 아야코도 가끔씩 가게 일을 돕는다. 모녀가 조용히 지켜나가고 있는 동네의 작은 서점이다.

아마도 이익은 거의 나지 않을 것이다. 주인분의 남편이 아마 대학 교수라고 했고, 그 수입으로도 충분히 먹고 산다고 한다. 저번에 우리 남편이 다 읽고 질린 책들을 진열해놓은 것뿐이라고, 웃으면서 농담처럼 말했었다.

취미로 운영하는 점포겠지. 작은 여자아이의 가게 놀이가 어른 스케일로 커진 것 같은, 그런 귀여운 느낌이 들었다.

그런 따뜻한 곳을, 대체 누가 망친 걸까.

——용서할 수 없다.

나는 의분에 사로잡혀서 가게 안으로 들어갔다.

"……어서 오세요…… 나카모토 씨. 오랜만, 이네요."

낡은 종이 냄새가 가득한 공간 속에 떨어진 한 방울의 꽃향기. 이 상냥한 냄새와 약간 더듬거리는 말투는 아야코다.

그렇구나, 오늘도 가게를 보고 있었나. 최악이다, 하필이면 이런 때. 겨울방학이니까 그럴 만도 했다. 하지만 생각하고 싶지 않았다.

"찾으시는 책, 엄마가 들여놓으셨어요."

청초하게 웃는 아야코는 떠밀면 쓰러질 정도로 마른 체형이다. 안경도 쓰고 있어서 얼핏 보면 수수한 인상으로 보이기도 하고. 하지만 얼굴 자체는 아주 단정한데다 앞머리 뒤에는 의외로 커다란 눈이 숨어있다. 앞치마 속에 있는 몸매도 상당히 좋은 건 아닐까, 싶은 생각이 들 정도로 풍만하게 부풀어 있는 뭔가도 있는데, 지금은 그런 생각 할 때가 아니고.

'아빠, 얘야.'

안젤리카가 귀엣말을 했다.

……이런, 다른 사람하고 눈도 마주치지 못하는 겨우 열일곱 살의 서점 점원이── 악마를 졸여서 진국으로 만든 것 같은 사악한 기운을 지녔다고?

"그럴 리가. 뭔가 잘못 알았겠지."

"하지만, 감지는 이 사람에 반응하고 있어! 뭐야 이거! 사람인데 사람이 아닌 것 같은 느낌이야!"

어라, 그 아이는……? 평소대로 속삭이는 것 같은 목소리로, 아야코도 안젤리카한테 관심을 보이기 시작했다. 외국인이 가게 안에서 시끄럽게 떠들었으니 당연한 일이지.

"아빠, 빨리 감정 해봐."

"……하지만……."

"빨리! 아니면 내가 법술로 선제공격 할 거야!"

"……알았어."

나는 떨리는 목소리로 「스테이터스 오픈」이라고 중얼거렸다.

지금까지 본 적이 없는, 세로로 엄청나게 긴 창이 표시됐다.

옆에 스크롤바까지 생길 정도로.

나한테 그만한 장문으로 전달해야 하는 위협이 숨겨져 있다는 건가. 역시 네가── 귀신 소동의 주범이라는 거야?

【이 름】 오오츠키 아야코
【레 벨】 1
【클래스】 여고생, 서점 점원
【H P】 50
【M P】 0
【공 격】 40
【방 어】 40
【민 첩】 40
【마 공】 0
【마 방】 60
【스 킬】 파더 콤플렉스(광狂)
【비 고】 책을 좋아하는 소녀. 전투력은 거의 없고 무해하다. 하지만 내면은 완전히 파탄이 나서, 작년까지 친아버지를 짝사랑했다. 그것이 허락될 수 없는 사랑이라는 것을 이해하고 있기 때문에 누구에게도 밝힌 적이 없다. 현재는 젊은 시절의 아버지를 쏙 빼닮은 나카모토 케이스케와 만난 뒤로 그를 새로운 짝사랑 대상으로 삼았다. 최근에 좋아하는 망상은 케이스케의 수염으로 까끌까끌한 턱을 때수건으로 삼아서 몸을 씻는 것.

언젠가 케이스케에게 후유증이 남을 정도로 약을 먹인 뒤에 가지고 노는 것이 꿈. 어젯밤에도 부도적한 상상 속에서 케이스케를 유린했는데, 그 내용은 다음과 같다.

『아핫. 케이스케 아빠는 딸을 보고 흥분하는 나쁜 사람이구나. 이게 나쁜 짓이라는 걸 알면서도 날 여자로 보는 거야? 그래, 좋아. 미성년자한테 손을 대고 징계 면직 돼버려. 괜찮아, 케이스케 아빠라면 신문 사회면에 사진이 실려도 틀림없이 멋있을 테니까. 난 그 사진 잘라서 스크랩해둘게. 그리고 그 옆에 내 사진을 붙여서 부녀의 러브러브 사진을 만들 거야. 자, 어서! 징계 면직 당하고 법정에 서라고! 아빠가 나온 법정 사진을 잔뜩 모아서, 나만의 벽지를 만들 테니까! 그러면 집에서도 교도소에 있는 아빠를 느낄 수 있겠지. 출소하면 바로 혼인신고를 하자. 빨간 줄 그어져서 취직도 못 하게 되면 다른 여자들이 다가오지도 않을 테니까 안심해도 되겠지. 그러니까 빨리 나랑 관계를 갖고 체포당하란 말이야! 아빠, 아빠, 아빠, 아빠, 나만의 케이스케 아빠.』

창을 닫으면서, 그 자리에 주저앉았다.

이게 어디가 무해하다는 거야.

"아빠?! 저기 아빠?! 뭘 본 거야?! 왜 죽을 것 같은 얼굴이야?!"

안젤리카가 내 어깨를 흔들면서 아야코 쪽을 봤다.

전형적인, 도서관 소녀 타입. 틀림없이 단 한 번도 염색한 적이 없을 세미 롱의 검은 머리카락. 일 년 내내 새하얀 피부. 운동을 못 한다. 다른 사람과 말도 잘 못 한다. 목소리가 작다. 하지만 가슴은 크고 오늘도 사복은 몸에 딱 맞는 골지 니트 스웨터.

"너무해."

생각해보면 아야코는 좋아하는 남성 타입이 아버지 같은 사람이라고 했었다.

그렇구나……. 내가 젊을 때 아버지랑 닮았구나. 어쩐지 여기 사장님도 나한테 잘 대해주더라니. 젊은 시절 남편하고 그렇게 닮았으면 귀여워 보일 만도 하겠지.

"아빠…… 우는 거야?"

나는 힘이 들어가지 않는 무릎을 억지로 움직여서 삐걱삐걱, 어색한 동작으로 일어섰다. 오랫동안 기름을 치지 않은 기계를 억지로 가동하는 것 같은 동작이 돼버렸다.

"괜찮으세요, 나카모토 씨."

계산대에 앉아 있던 아야코가 이쪽으로 뛰어온다.

힉.

오, 오지 마! 이 변태!

나도 모르게 여자 같은 비명이 나올 뻔했다.

리오의 스테이터스를 감정하고 호의를 발견했을 때는 「나도 아직 쓸 만한가?」라고 기뻐했었다.

하지만, 이번에는 순수한 공포만이 느껴진다.

"아빠, 이 여자 뭐야. 신종 데몬이야?"

"안심해…… 해는 없어. 마력이 하나도 없다고. 악령을 조종하려고 해도 MP가 아예 없어."

"그럼 대체……?"

"그냥 마음이 일그러진 일반인이겠지. 틀림없어."

"하지만 감지 스킬에 걸렸다는 건 악마나 데몬급으로 못됐다는 뜻이거든? 그런 것들이랑 같은 카테고리에 들어가 버릴 정도로 정신이 나가버린 사람이라는 뜻이야? 이론상으로는 가능한 일이긴 한데……."

무슨 게임 이야기인가요? 아야코가 내 얼굴을 보면서 말했다.

"저기…… 몸이 안 좋으시면, 안쪽 방에서 쉬실래요? **약**도 있는데."

"사양할게, 그렇게까지 심한 건 아니니까."

약이라는 말이 너무나 무섭다.

"그냥 통풍이야. 신경 쓰지 마. 가끔씩 발작이 일어나서 일어나지 못하거든."

"……저희 아버지도 통풍이 있는데. 나카모토 씨도 그렇군요…… 닮았네요……."

순간, 안경 너머에 있는 아야코의 눈이 흉악하게 빛난 것 같았다.

안 돼. 더 이상 여기 있고 싶지 않아. 안젤리카한테 작은 소리로 "나가자"고 말했다.

그랬더니 아야코가 그 속삭이는 목소리로 날 불렀다.

설마 이 자리에서 연적을 죽일 셈인가?

안젤리카를 감싸려는 듯이 팔을 뻗었더니, 광기의 서점 점원이 가녀린 목소리로 말했다.

"그쪽 분은……."

그쪽이라면, 안젤리카를 말하는 건가. 내가 경직된 사이에, 아야코가 계속해서 말했다.

"……전에도 어디선가……?"

말하는 상대는 내가 아니라 안젤리카였다.

정작 안젤리카는 무슨 소리냐는 얼굴이다.

"저, 말인가요?"

"……예?"

파더 콤플렉스가 너무 심해서 본격적으로 정신이 나가버린 걸까?

나는 서로 어긋나는 대화를 들으며 멍하니 서 있다.

이렇게 예쁜데, 이 나이에 이렇게까지 돼버리다니. 구해주고 싶지만, 용사로서도 이건 무리다. 사람의 마음은 바꿀 수가 없다.

"……예전하고 차림새가 전혀 다른 게, 다른 분인지도 모르겠네요……. 그런데 나카모토 씨하고 어떤 관계인지, 여쭤봐도 될까요? 아뇨…… 그냥 호기심에."

슬슬 위험할 것 같아서 안젤리카의 손을 잡아끌고 밖으로 나갔다.

아직 겨울이라서 밖은 춥다.

땀에 흠뻑 젖은 몸이 급속도로 차가워졌다. 그 짧은 시간에 사상 최강이라고 불리게 됐던 나를 이렇게까지 몰아넣다니.

"대체 뭐죠, 걔는."

안제는 몰라도 되는 세상이라고 타일렀다. 나도 알고 싶지 않았지만.

왠지 엄청나게 피곤하다.

"좀 쉬자."

◇ ◇ ◇

나는 비틀거리는 걸음으로 근처에 있는 햄버거 가게로 갔고, 거기서 안젤리카와 함께 쉬기로 했다.

화장실에 갔다 오고, 수분을 보급하고, 이야기를 하면서 시간을 보낸다.

"그나저나 정말 무섭네요. 보통 사람인데 상위 악마급의 사악한 기운이 삐용~ 삐용~ 하더라니까요, 그 사람."

"삐용~ 삐용~ 인가, 소리로 표현하면."

"감지 스킬이라는 게 말이죠, 이렇게…… 사야 한쪽에 지도 같은 게 보이거든요. 사악한 존재가 있는 지점이 깜박거려요. 삐용~ 삐용~ 하고."

"헤에. 그건 좀 재미있겠네."

역시 안젤리카의 스킬도 게임 스타일인가. 완전히 「화면 오른쪽 위에 있는 지도에 표시되는 적」같은 느낌이네.

"강하거나 순수하게 악에 가까운 속성이면 삐용~ 삐용~ 하거든요. 참고로 아까 그 여자애는 접근했더니 삥삥삥삥삥! 하고 새빨간 점이 빠르게 깜박거렸어요. 빨간색은 악의의 색이거든요. 빨간색이 진할수록 더 나빠요. 보통은 악마가 이 색인데, 가끔씩 흉악범죄자도 빨간색으로 나온다나 봐요. 사형수도 기껏해야 옅은 빨간색이라고 들었는데, 그 애는 혈액 색……."

나는 그런 위험인물이 숨어있는 가게에 몇 달이나 드나들었던 건가?

이제 와서 오한이 일었다.

"그런데 우리 집에서 감지했을 때는 어떻게 보였지? 잔뜩 있었다면서."

"집이요? 음~ ……뭐랄까, 절 중심으로 퍼져 있었어요. 그래서 엄청나게 무서웠죠."

"안제를 중심으로?"

"맞아요."

끄덕끄덕, 안젤리카가 고개를 끄덕였다.

"절 둘러싸는 것처럼, 하얀 점들이 방사상으로 부왁~ 하고. 하얀색은 영체의 색이거든요."

안젤리카를 둘러싸는 모양이라.

내가 그때 세이크리드 서클을 걸어준 게 정답이었던 것 같네. 대상 주위 반경 300미터 공간을 완전히 방호하는 마를 물리치는 원. 그것만 있으면 걱정할 필요 없다. 지금은 해제했지만 탐색이 끝나면 다시 걸어줘야지.

"그런데 제 스킬이 정밀도가 떨어진 것 같아요. 그런 평범한 사람한테 반응하다니."

"아냐, 아주 정확한 것 같은데? 정확하게 악성 존재를 간파했어."

예? 왜 갑자기 칭찬하는 건데요? 라면서 기뻐하는 안젤리카 앞에 메뉴판을 내밀었다.

"뭐라도 시키자."

물만 마시고 가면 재미없잖아, 라고 웃으며 말했다.

아까부터 안젤리카가 왠지 안절부절못하고 있으니까. 가게 안에서 조리하는 냄새와 다른 손님들이 음식을 먹는 모습이 너무나 신경 쓰이는 분위기.

"그래도 돼요?"

"조금 이르지만 점심 식사로 먹자고. 계속 걸어 다녀서 배도 고플 테니까."

바압, 바압~. 안젤리카는 또 묘한 노래를 흥얼거리기 시작했다. 신이 나서 열심히 메뉴를 들여다보는 모습을 보니, 역시 아직 어린애라는 생각이 든다.

"……글자는 읽을 수 있는데, 전부 고유명사라서 의미를 모르겠어요……."

"아, 맞다. 그렇겠네."

나도 처음 이세계에 갔을 때는 자주 그랬었지.

왠지 그리운 기분을 맛보며, 이게 어떤 음식인지 하나하나 설명해줬다.

안젤리카는 치즈버거 세트를 주문하고 나는 데리야키 버거 세트를 시켰다..

음식이 나오면 각각 반으로 잘라서 교환했고, 그 뒤에 크게 베어 물었다.

"이러면 두 가지를 다 맛볼 수 있겠네요."

안젤리카가 입가에 피클 조각을 붙이고서 웃었다.

나도 볼에 소스가 묻은 것 같으니까 남 말 할 때가 아니지만.

여자아이한테 밥을 사주면 기분이 좋다. 뼈아픈 지출이지만 전혀 괴롭지 않을 정도로.

소지금이 줄어든다. 그 대신에 마음이 채워진다.

탄산음료가 무섭다고 입에 대지 않는 안젤리카를 위해서 우롱차도 주문했다. 또 지출. 그래도 기분이 좋다.

……즐겁다.

계속 이쪽에 있었으면 아내나 자식과 이렇게 휴일을 보냈으려나.

이게 원래 내가 손에 넣어야 했던 일상일까?

가끔씩 그런 생각을 한다.

만약 이세계로 소환당하지 않았다면 다른 인생을 살지 않았을까. 어쩌면 아주 평범한 가정을 꾸리고 평범하게 살 수 있지 않았을까.

듣자 하니 예전 반 친구들 중에 3분의 1이 가정을 꾸렸다고 한다. 내가 중학교 시절에 남몰래 짝사랑했던 그 사람도 한 아이의 엄마가 됐고.

웃는 얼굴로 유모차를 밀고 가는 그 사람과 지나쳤을 때 가슴

속에 차가운 바람이 부는 기분을 맛봤다.

왜냐하면, 나한테는 아무것도 없으니까.

내가 이세계에서 사랑했던 사람은 아이를 남기지 못한 채로 죽었다. 그 뒤에는 텅 빈 나만 혼자 남았다.

모든 것을 잃은 나와 점점 채워가는 예전에 알던 사람들.

……뭐 어때.

그래도 좋다. 아마도 이 비참한 꼴이 나한테 주어진 벌일 테니까.

내 인생은 쓰레기다. 죄로 물든 용사의 잔해다. 다시 살아갈 자격 따위는 없다.

하지만, 안젤리카는 아니다. 아직 젊고 나쁜 짓을 저지르지도 않았다. 이 소녀라면 지금부터 자기 힘으로 미래를 움켜쥘 수 있다. 또래 남자와 맺어지고 자식을 낳는 미래를.

그러기 위해서라도 이 녀석의 신분증을 만들어줘야 한다.

우리는 조금 이른 점심 식사를 마치고 가게에서 나왔다.

곤도를 협박하자.

조폭이라면 비합법적으로 신분증을 구할 방법도 알고 있겠지. 설령 모른다고 해도 어떻게든 움직이게 하자. 어떤 수단이라도 사용한다. 법을 실컷 어기고, 폭력도 불사할 각오가 돼 있다.

나는 안젤리카의 보호자가 되기로 결심했다. 내 가족이고 내 딸이다. 내가 지킨다. 나는 좋은 아버지가 된다. 딸을 위해 모든 것을 바친다. 안젤리카에게 그렇게 해주면 예전의 실패가 없었던 일이 된다.

——없었던 일이?

지금 그건 뭐지?

잠깐 떠올랐던 추악한 생각이 내 진심일까? 안젤리카에게 잘 대해주면서 죽은 자들에게 죗값을 치른다고 생각하고 있다는 건가.

"난 정말 최악이다."

하얀 입김을 내쉬며 혼잣말을 했다.

그래. 그 정도는 나도 알아.

안젤리카에게 품고 있는 마음은 욕망도 애정도 아닌 후회에서 온 감정이다.

학창시절에 인기라고는 하나도 없었던 아저씨가 돈으로 산 젊은 여자한테 교복을 입히는 것과 다를 게 없는 짓.

나는 안젤리카를 통해서 잃어버린 가능성을 되찾으려 하는 것이다. 좋은 아버지가 됐을지도 모르는 자신을.

뿌드득. 이를 갈았다.

그게 어쨌다는 거야. 이 아이를 위한 일이라면, 동기 따위는 상관없잖아.

"아빠, 왠지 무서운 얼굴이야."

아무것도 아냐 안제, 라고 대답해줬다.

나는 네 아빠니까. 딸을 무섭게 하는 짓을 할 리가 없잖아. 내가 무섭게 만드는 건 악당과 몬스터뿐이야.

“대체 나한테 무슨 볼일입니까. 예쁜 언니까지 데리고. 지금 자랑하러 왔수?”

다시 찾아간 곤도의 사무실은 피가 거의 치워져 있었다.

그런 더러운 일을 전문으로 하는 처리반이 있는지도 모르겠다.

알고 싶지도 않고, 알 필요도 없지만.

“어제하고 말투가 다른데? 존댓말도 쓸 줄 알았나.”

그 말에 곤도는 대답하지 않았다. 그저 실실 웃으면서, 거만하게 소파에 몸을 기댔다.

그 뒤에 나는 안젤리카를 안고 은폐 마법을 걸고서 이 사무실까지 날아왔다.

둘이서 같이 사장실로 가서 이렇게 곤도 앞에 서 있다. 솔직히 이런 쓰레기장 같은 곳에 안젤리카를 들이고 싶지는 않았다.

하지만 곤도한테 이 아이의 외모를 파악하게 해둘 필요가 있었다.

게다가── 내가 곤도를 협박하는 모습을 보면 안젤리카가 날 싫어하게 될지도 모르니까.

실망하고, 포기하고, 내가 아닌 다른 남자에게 관심을 보인다. 거기까지 하면 나는 좋은 아버지가 될 수 있다. 굳이 사진을 보여주는 게 아니라 본인을 데리고 온 것은 그러기 위해서였다.

“넌 내 개야. 기억은 하지? 어떤 무기를 써도 나한텐 이길 수 없어.”

"……그렇게 나오면 할 말이 없구만. 뭐, 시킨 대로 역 앞에 라멘 집에 애들 보내고 있으니까. 하루 종일 가게 안에서 밥 먹으면서 그릇 깨질 때마다 점장한테 한마디 하라고. 그런데 이게 뭐 하는 짓인데? 댁의 여자가 그 가게에서 일이라도 하는 거요? 여자한테 집적대는 점장 놈을 괴롭히라든지, 그런 건가?"

"네가 알 필요는 없어."

안젤리카도 불온한 분위기를 느꼈는지 내 소매를 꼭 붙잡았다. 아무 말도 하지 말고, 가만히 지켜보기만 하라고 미리 말해뒀다.

보고, 경멸하고, 환멸하면 된다.

"이 아이의 신분증이 필요해. 밀입국했거든."

"역시 댁도 보통사람이 아니었구만. 어쩐지 사람 꽤나 잡은 눈이더라니."

곤도가 왼손 새끼손가락을 만지작거리면서 말했다. 어제까지는 없었던 손가락을. 어제 내가 오른팔에 회복마법을 걸어줬더니 덤으로 다른 부위의 손상까지 다 나아버렸다. 몇 년 전에 잘라버린 손가락이 다시 난 순간, 곤도는 뭐라고 표현할 수 없는 표정이었다.

"이 아이와 비슷하게 생긴 서양인 소녀의 여권을 알아봐 줘. 단, 사람은 죽이지 말고."

"무슨 말도 안 되는 소리를. 애랑 닮으려면 엄청 미인이라야 하는데? 그런 애가 돈이 떨어졌다고 함부로 여권을 넘길 것 같아? 그 전에 몸을 팔아서 돈을 만들지. 그래서 신분을 파는 데까지 가지도 않는다고. 안 돼. 무리야. 아무리 우리 같은 놈들이라도 안 되는 일은 안돼."

좀 더 타협해야 하려나.

"비슷한 또래 백인 소녀 신분증이라면 아무거나 상관없어. 어떻게든 해줘. 최악의 경우에는 위조해도 되니까."

"……러시아 꼬맹이로 만들 방법이 없는 건 아닌데. 그쪽 동네도 시골 쪽은 아직 가난하니까, 팔면 안 되는 것까지 다 파는 놈들이 있거든. 서류상 신분이라든지 말이야."

"그거면 돼. 마침 얘 얼굴도 슬라브계 같으니까."

"그런데 말이야, 나카모토 나리. 너무 뻔뻔하신 게 아닌가? 이거 엄청나게 귀찮은 일이거든? 게다가 어제 날 그렇게 두들겨 팬 양반을 위해서 일해야 한단 말이야. 아무리 그래도 공짜로는 안 되겠는데."

그렇게 말하고, 곤도가 위협하는 것처럼 웃었다. 어제의 교활한 미소와 성질이 다른.

이러니까 조직의 리더처럼 보이기도 하네.

"그래? 몇 토막을 내주면 되겠어?"

"어이구야, 무슨 소리를. 말보다 행동이 빠른 양반이구만."

곤도는 두 손을 들고 즐겁다는 듯이 입가를 일그러트렸다.

"이봐, 나리. 우리 쪽에서 거친 일 좀 해보는 건 어때? 내가 원하는 건 댁이야. 이게 부탁을 들어주는 조건이고."

"스카우트하겠다 이건가."

"댁만 있으면 우리 조직은 무적이고, 한 식구가 되면 그 정도 부탁은 기분 좋게 들어줄 수 있지. 댁이 우리한테 한 짓도 이걸로 다 털어버리자고.”

라멘 집 아르바이트에서 조폭 행동대원으로. 수입은 좋아질지도 모르겠네.

하지만.

“그건 안 돼.”

“헤에.”

누군가가 내 전투력을 이용한다. 그런 짓은 용사 시절에 징글징글하게 경험했다. 제대로 된 일이 아니다. 무엇보다 이런 놈들과 동료가 되는 건 질색이다.

“시키는 대로 하기나 해. 무조건 해. 네 똘마니가 될 생각은 없어.”

“교섭 결렬인가.”

고토는 손을 깍지 껴서 뒤통수에 대고 몸을 뒤로 젖혔다.

“죽이고 싶으면 죽여보든지? 그러면 신분증은 구하지도 못할 텐데 말이야. 성질이 급하면 손해 보는 거라고, 알겠수?”

“죽기 직전에 되살리고 또 죽인다. 이걸 계속 반복하면 견딜 수 있을까?”

“해보기 전엔 모르는 법 아니겠어?”

그 천박한 히히히 하는 웃음이 사라지자, 곤도한테서 묘한 박력이 느껴진다. 지금 같으면 정말로 고문을 견뎌낼지도 모르겠는데.

“……하는 수 없지. 이 방법만은 안 쓰려고 했는데.”

"오, 그렇게 나온단 말이지. 좋아, 마음대로 해보라고. 손가락 자를 때도 등에 그림 그릴 때도 눈물 한 방울 흘리지 않았던 몸이야. 공짜로 일하느니 차라리 죽고 말지. 우리 같은 놈들 깡을 우습게보지 말라고."

나는 주머니에서 스마트폰을 꺼내고, 눈을 감았다.

미안하다. 난 악마가 되겠다. 지금 이 순간에는 용사는 고사하고 인간도 아니게 된다. 안젤리카를 위해, 나는 악마의 길로 떨어진다.

"이걸 봐라, 곤도."

"아앙?"

"한참 봐도 된다."

나는 SNS 앱을 켜고 스마트폰을 곤도에게 건넸다.

"이, 이건……!"

미안하다 리오. 네 호의를, 최악의 형태로 이용했다.

네가 오늘 아침부터 몇 번이나 보내온 아슬아슬한 셀카 사진을 교섭 소재로 이용하고 있다……!

"뭐야 젠장! 역시 리오 개 먹었잖아! 손으로 눈을 가리고 브래지어에 허벅지를 슬쩍슬쩍 보여주는, 하나같이 체포 카운트다운이 시작됐다고밖에 볼 수 없는 셀카 사진들이!"

"그쪽이 멋대로 보낸 거야. 나로서는 막을 방법도 없다고."

"……내가 아무리 일상생활에 지장이 생길 정도로 여고생을 좋아해도 말이야, 얼마 전까지 눈독 들였던 검은 생머리 미소녀 여고생이 다른 사람한테 보낸 이런 변태 같은 사진을 보여주면,

왠지 뺏겼다는 기분만 든다고 말이야. 이런…… 키는 165센티미터에 추정 B~C컵을 오가는 사이토 리오 16세가 공중화장실에서 연상 아저씨를 너무나 좋아하는 마음을 억누르지 못하고 찍은 야한 셀카 사진 정도로 날 움직일 수 있을 줄 알았어?! 아주 훌륭한 생각이야, 캄솨합니다!"

곤도는 스마트폰을 나한테 돌려주고 "여권 건은 맡겨만 두셔"라고 말하며 힘차게 고개를 끄덕였다.

"나도 사람이라고. 불쌍한 밀입국 소녀를 위해서 일하는 것도 나쁘지 않지. 그런데, 이 아가씨는 몇 살이야?"

"열여섯."

"여고생이잖아. 이 양반이 여고생을 둘이나 키우고 있네. 게다가 한쪽은 외국에서 잡아 왔고, 엄청난 양반이구만. 댁도 진짜 못된 놈이야."

그때.

――우리 아빠를 나쁘게 말하지 말아요.

안젤리카가 작은 소리로 중얼거렸다.

말하지 말라고 했는데, 자기도 모르게 튀어나온 것 같다. 본인도 「아차」하는 표정인 게.

"아주 잘 따르는데. 아가씨는 이 나카모토 나리를 좋아하나?"

곤도가 유쾌해서 미칠 지경이라는 목소리로 물었다.

안젤리카는 내 얼굴을 보면서 눈짓으로 「대답해도 되나요?」라고 물었다.

고개를 살짝 끄덕였다. 이 정도라면 괜찮겠지.

"……좋아해요."

"그래, 그렇구만. 그것참 대단하네. 그런데 아가씨는 이 양반하고 어떻게 되지? 첩인가? 댁이 그 라멘 집에서 일하는 거야?"

"전 아빠 부인이에요."

안젤리카의 대답을 들은 곤도가 콰당, 소리를 내면서 소파에서 굴러 떨어졌다.

"외국인 여고생을 의붓딸로 삼은 데다 내연의 아내라고? 세상에나. 이거 성범죄의 신이구만."

존경하는 눈으로 날 쳐다보는 곤도에게, 계속 마음에 걸렸던 일에 대해 물었다.

"너, 어제하고 분위기가 다른데. 이쪽이 본모습인가."

"……댁도 그 소리를 하나. 내가 그렇게 이상했어?"

잘 기억이 안 난다고, 곤도가 고개를 갸웃거렸다.

"최근 며칠 동안 기억이 흐릿해. 이게 대체 뭔지. 누가 약이라도 먹였나. 나도 원한 산 데가 워낙 많아서 말이지."

"리오 말로는 네가 중간에 사람이 달라졌다고 하더군. 귀신인가를 본 뒤로. 맞나?"

"……그런 얘기까지 했나. 뭐, 그런 것 같아. 리오네 집에서 허연 뭔가를 봤더니 머리가 어지러워졌거든. 솔직히 그 뒤로는 거의 생각이 안 나. 닷새 정도 기억이 날아갔다니까. 그리고 정신을 차렸더니 댁이 이 사장실에 와 있었고. 그게 바로 어제 일이야."

내가 왔던 일은 똑똑히 기억하고 있겠지? 라고 물었다.

"당연하지. 그래도 반쯤 꿈이 아니었나 싶지만."

"……잘 알았다. 마지막 쪽은 자아가 돌아오고 있는 것 같군."

"거의 실감은 안 나지만 말이야. 그래서 그러나? 그쪽이랑 정말로 싸운 것 같지가 않아. 머리로는 알고 있지만 말이야. 내 몸이 멋대로 날뛰는 걸 멀리서 구경한 것 같다고나 할까. 아니, 멀리가 아니라 안쪽에서. 혹시 이거 이중인격인가 하는 거 아냐? 조폭에 이중인격. 장난 아닌데. 이 설정, 여고생들한테 먹히려나."

완전히 남의 일이라는 느낌이다.

그래서 이렇게 나와 평범하게 말하고 있는지도 모른다. 자기 의지로 나와 싸우고 박살이 났다면 이러지 못할 테니까. 훨씬 적대적이었겠지.

이 녀석도 악령의 피해자다. 반사회적인 인물이지만 조종당한 건 사실이니까.

"마지막으로 하나만 더 물어봐도 될까."

"뭐야, 또 물어볼 게 남았어?"

"그렇게 여고생을 좋아하면서 왜 리오네 어머니랑 사귄 거지? 어른 여자도 괜찮은 건가?"

아, 그거 말이지. 곤도가 아무렇지도 않게 말했다.

"그야, 만반의 준비를 하고 리오를 잡아먹으려고 그랬지. 상냥하고 믿음직한 새아버지로 자리를 잡은 다음에 덥석, 하고 말이야. 아무래도 머리가 이상해진 동안에 난폭한 짓을 한 것 같으니, 다 글렀지 뭐."

"……잠깐이나마 널 동정한 내가 바보였다."

"안심하라고. 리오한텐 이제 관심 없어. 댁 여자가 됐잖아? 난 처녀 여고생밖에 관심이 없다고. 이제 다른 애를 찾아봐야지."

이 자식은 그냥 죽는 게 낫겠네.

우리는 완전히 질려서 사무실을 나왔다.

♥ 제5장 ♥ CHAPTER 5

나와 안젤리카는 조금 떨어져서 걷고 있다.

말도 거의 하지 않고 눈도 마주치지도 않고. 부녀도 연인도 아닌, 완전히 남처럼.

"환멸했어?"

안젤리카는 그 뒤로 계속 힘이 없다.

내가 곤도를 협박한 일 때문에 마음속으로 그리고 있던 이상적인 아버지의 모습, 또는 용사의 모습이 부서져 버렸는지도 모른다.

그걸로 됐어. 왜냐하면 나한테 실망하게 해주고 싶었으니까.

"용사는 이런 짓도 해야 하는 거야. 말이 통하는 마물을 상대할 때는 협박도 아주 흔한 수단이었지. 난 말이야, 영웅 같은 게 아냐, 안제. 정의의 적은 다른 정의라고 하잖아. 그것처럼 악의 적은 또 다른 악이야. 난 우연히 인간 쪽에 붙었던 악일뿐이고. 정말 답이 없는 인간이야."

"리오 씨랑 뭘 했던 거죠."

"그러니까 나 말고 다른 제대로 된 남자를 좋아하는——."

"리오 씨한테 손을 댔나요? 그 못돼 보이던 사람이 그런 얘기를 하던데."

남이 좀 멋지게 자학하는 얘기를 하는 때 말이야. 왜 그런걸 물고 늘어지는데.

"저기요. 아까 아빠가 곤도라는 사람한테 보여줬던 그 빛나는 판 좀 보여주세요. 스마트폰이라고 했던가요."

"뭐?"

"솔직히 신경 쓰이잖아요. 그걸 보자마자 곤도라는 사람이 엄청 흥분하고. 리오 씨랑 관계된 걸 보여줬죠?"

입속이 바짝바짝 마른다. 혀가 입에 달라붙고 딸꾹질까지 나오기 시작했다.

"스마트폰도 TV처럼 멀리 있는 사람을 보는 그런 건가요? 리오 씨가 어떻게 생겼는지, 저도 궁금하거든요."

아직까지 스마트폰의 기능에 대해서는 모를 텐데, 이 날카로운 눈치. 앞으로 현대 사회에 관한 지식이 늘어나게 되면, 언젠가는 아무것도 숨기지 못할 것 같아서 무섭기까지 하다.

"그리고 아빠도, 어제부터 갑자기 스마트폰 들고 화장실에 들어가서 제가 못 보게 만졌었죠. 혹시 리오 씨랑 남한테 못 보여줄 짓을 했다든지……. 기분 탓이면 다행이겠지만. ……저기요. 그 스마트폰 안에 뭐가 들어 있는 거죠?"

예리해. 너무 예리해.

하지만 생각하기에 따라서는 한방에 안젤리카한테 미움을 살 기회인지도 모른다.

리오의 셀카를 보여주고 '나한테는 이런 여자가 있다'고 말해서 포기하게 만든다. 너무 심한 방법이기는 하지만 효과는 크겠지.

여자 마음에 아주 제대로 상처를 줄 수 있는 방법이라고 하고 싶지는 않지만. 두 번 다시 연애 따위는 안 해, 같은 소리라도 하면 미안할 테고.

무엇보다 어젯밤에 봤던 시스템 메시지에 의하면, 그 방법은 오히려 역효과가 아닐까? 같은 기분도 들었다.

봐, 지금도.

"집에 가면 각오하세요. 아빠가 누구 아빠인지 똑똑히 알게 해드릴 테니까."

아랫입술을 깨무는 안젤리카의 얼굴이 살짝 상기돼 있다.

알게 해주겠다니. 대체 무슨 짓을 하겠다는 거지.

눈앞에 시스템 메시지가 나타났다.

【파티 멤버 신성무녀 안젤리카의 독점욕이 900 상승했습니다.】

【안젤리카의 성적 흥분이 70%에 도달했습니다.】

【합의하에 성적 행위가 가능한 수치입니다. 실행하시겠습니까?】

【실행한 경우 일정 확률로 자식을 만들 수 있습니다.】

【태어난 아이는 양친의 스테이터스 경향과 일부 스킬을 이어받으며 장비, 아이템 공유도 가능합니다.】

【또한 자식에게 클래스 양도도 가능합니다.】

아쉽게도 안젤리카는 질투하면 더 불타오르는 타입인 것 같다.

다른 여자의 흔적을 보여주는 건 역효과겠지.

나는 횡설수설하면서 안젤리카에게 변명했다. 사실은 스마트폰에서 세뇌 광선이 나오는데, 그걸 곤도를 설득하는 데 이용했다느니. 내성이 없는 사람이 스마트폰을 보면 안구가 폭발하니까 보여줄 수 없다느니. 리오보다 네가 더 예쁘니까 불안해할 필요 없잖아(???)라고 되레 화도 내고.

내가 무슨 소리를 하는지 모를 지경이 됐을 때 안젤리카가 피식 웃었다.

"이제 됐어요. 여권이라는 게 뭔지는 모르겠지만, 절 위해서 필요한 것 같다는 느낌은 전해졌으니까. 그걸 준비하기 위해서 어쩔 수 없이 리오 씨를 이용했던 거죠?"

빙긋 웃는 얼굴.

사실은 처음부터 화가 많이 나진 않았던 건가? 라는 생각이 들었다.

"……날 가지고 놀았지."

"예~? 중간까지는 정말로 화가 났었으니까, 가지고 논 건 아니잖아요."

"가지고 놀았어."

스스슥, 미끄러지는 움직임으로 다가온 안젤리카가 나와 팔짱을 꼈다.

"그럼 보복을 하던지요, 저한테."

"어떻게."

"가지고 논 게 화가 나면, 아빠도 가지고 놀면 되잖아요…… 오늘 밤에."

넌 자기 몸을 좀 더 소중히 하라고 말하면서 손가락으로 쿡, 찔렀다.

아저씨한테 바쳐도 되는 물건이 아니라고. 네 몸은 네 거니까.

정말이지, 저 성격으로 어떻게 신성 무녀가 됐는지.

……안젤리카의 몸은, 안젤리카 것…….

잠깐 머릿속을 스친 문구가 뇌 안에서 불꽃놀이로 변했다.

보이지 않는 도화선에 불을 붙이고, 사고가 터져나간다. 해답을 찾는 열기의 흐름이 시냅스 속을 달리고.

"……어라?"

그런, 뜻인가?

걸음을 멈추고 생각한다. 찰나의 번뜩임을 움켜쥐어서 명확한 사고로 바꿔나간다.

——하얀 옷을 입은, 여자 귀신.

안젤리카가 우리 집에 오기 일주일 전부터 목격됐다는 철 지난 괴담.

그것과 거의 동시에 리오네 집에 드나들기 시작했고, 이틀째에 갑자기 미쳐버렸다는 곤도.

아무리 소리를 내도 반응이 없는 옆집. 전에도 안젤리카가 가게에 왔었다고 주장하는 아야코.

처음부터 좋은 냄새가 났던 안젤리카.

수많은 실들이 머릿속에서 엉키면서 하나의 답을 만들어간다.

"안제, 미안해. 지금부터 너한테 심한 짓을 할 거야."

"……좋아요."

안젤리카는 뜨거운 숨을 내쉬며 기대하는 눈으로 날 봤다.

확실하게 오해하고 있는데, 지금은 1분 1초가 아깝다. 안젤리카를 끌어안고 은폐 마법으로 보이지 않게 한 뒤에 날아서 집으로 돌아갔다.

집들 지붕을 박차고, 고가 철로를 뛰어넘어, 우리 집을 향해 최단 거리로 날아갔다.

서서히 가까워지는 눈에 익은 까만 지붕. 검댕 투성이 하얀 벽. 나와 안젤리카가 사는 집. 돌아갈 곳이 가까워졌다.

"무슨 일이 있어도 참아야 한다."

"……각오는 다 했거든요."

"울지 마. 먼저 마음이 꺾이면 지는 거야."

"어, 얼마든지 해보라고요!"

삶은 문어처럼 새빨개진 안젤리카를 가만히 바닥에 내려놨다.

수단만 가리지 않는다면 순식간에 도착할 수 있다.

돌아왔다.

우리가 사는 집으로, 돌아왔다.

이미 해가 저물기 시작했다. 저녁노을에 비친 두 사람의 그림자가 길게 늘어져서 건물에 걸려 있다.

내 그림자는 내 방에. 안젤리카의 그림자는 그 옆방에. 뭔가를 암시하는 것처럼.

"따라와."

나는 안제의 손을 잡고는 빠른 걸음으로 계단을 올라갔다.

아침에 봤던 것처럼 신문이 잔뜩 꽂혀 있는 문이 보인다. 아무 말 없는 이웃의 우편함. 겨우 도착했다. 이렇게 가까운 데 답이 있었다.

내가 발을 멈추자 안젤리카가 "아빠 너무 세게 나온다"면서 귀까지 새빨개졌다.

"그럼, 들어간다."

"잘 부탁드려요……!"

그리고 나는. 방에 들어가자마자 바로 베란다로 갔다.

"아빠? 어디 가는 거예요? 차, 창문 열면 좀 그렇잖아요?! 다 보여주려고 그래요?!"

이렇게 좁은 집에서 흔히 있는 일인데, 우리 집 베란다와 옆집 베란다가 바로 붙어 있어서 쉽게 뛰어넘을 수 있다.

황급히 내 뒤를 따라온 안젤리카가 당혹스러워 하면서 "그쪽은 우리 집이 아닌데요?"라고 말했다.

"아니, 이쪽이다. 꼭 만나야 할 사람이 있어."

이미 죽었겠지만.

창문에 손을 댔더니 그대로 열렸다. 예상대로 안 잠겼다.

나는 조용히 방 안에 들어가서 쓰레기봉투 더미를 헤치며 걸음을 옮겼다.

원룸형 다세대 주택은 참 신기한 곳이다. 내가 사는 곳과 완전히 똑같은 공간이지만, 사는 사람의 생활양식에 따라서 인상이 완전히 달라진다.

이곳이 옆집 사람이 생활하는 방.

코를 찌르는 썩은 내가 감돌고 불길한 죽음의 기운이 감도는 공간.

바닥 한쪽에 펼쳐진 이불은 누런 얼룩과 음식 흘린 자국투성이. 빈곤과 비위생의 상징이었다.

탁자 위에는 하얀 비닐 봉투가 놓여 있다. 내용물은 알약. 지병이 있었겠지.

그런 수많은 서글픈 유품들에 둘러싸여서, 옆집 사람이 죽어 있었다.

마른 나무처럼 비쩍 마른 백발 남성. 이 체형과 한겨울이라는 조건이 부패를 지연시켰겠지.

그래도 이미 나쁜 냄새가 고이기 시작했다. 언젠가 한계에 도달했을 것이다.

나는 유체에 다가가서 눈으로 슬쩍 훑어봤다. 출혈은 없고 눈에 띄는 외상도 없다.

돌연사. 또는 병사. 고독사. 이 상황을 표현하기 위한 말들은 하나같이 너무나 서글프다.

"여기 남의 집이잖아요? 멋대로 들어와도 되는 건가요?"

흠칫흠칫 하면서, 안젤리카도 뒤늦게 따라왔다.

아무래도 어린 여자애는 이렇게 어질러진 방을 견디기 힘들겠지. 신중하게 발 디딜 곳을 찾으면서 살금살금 걸어왔다.

"이거 시체인가요?! 으아……?!"

얼굴이 굳어진 안젤리카가 내 옆에 와서 섰다.

"……이쪽 세계에서는 이런 게 흔한가요."

"흔한 일은 아니지만, 요즘 많이 늘어났다나 봐."
안젤리카가 겁먹은 눈을 하고 물었다.
"매장해줄 건가요? 아니면…… 사람을 부르나요?"
그런 일은 뒤로 미루고.
어차피 경찰이 됐건 누가 됐던 처리해주겠지. 곤도네 조직과 관계있는 놈들이 얼마나 제대로 일을 해줄지는 모르겠지만.
고인에게 인사를 하고, 방의 구석 쪽을 봤다. TV 앞에 쌓여 있던 것들은 이 방 주인의 나이를 생각해보면 부자연스러운 물건들이다.
"역시 있었어."
수많은, 책들.
근현대사를 다룬 것들이 중심이고 참고서까지 있다. 그중에는 관광 안내서와 교과서까지 섞여 있었다.
이 공간만 잘라서 유학생에게 빌려줬던 게 아닌가 싶을 정도로 안 어울린다. 고령의 독신 남성의 소지품치고는 너무나 이상하다.
"샀구나, 오오츠키 서점에서."
그 서점은 내 요구에 맞춰서 이런 책들을 자주 들여놨다.
그렇다. 일본에 온 지 얼마 안 된 사람이 현지의 지식을 수집하기에 딱 좋은 책들을 잘 갖춰놓은 것이다. 게다가 가격까지 적당하니 그만큼 좋은 가게가 또 있을까.
"……그나저나, 이렇게 짧은 기간에 이쪽의 화폐가치까지 이해했나. ……아, 전송 직후에는 이 할아버지도 살아 계셨을지도 모르겠네. 배웠을 수도 있겠어."

정보원이 이 노인이라면 굳이 큰 서점이 아니라 오오츠키 서점을 고른 것도 납득할 수 있다. 그 책은 오래된 책을 취급하는 특성상 어르신 손님들이 많으니까.

"저기~ 아빠?"

상황을 전혀 이해하지 못하겠다는 듯이, 안젤리카가 나한테 물었다. 곤혹스러워하는 분위기로, 유체에서 슬금슬금 떨어지고 있다. 이렇게 겁 많은 아이한테 말하는 건 너무 심한 일이지만, 그래도 말하는 수밖에 없다.

"……전에도 말했지만, 지구에는 영체라는 게 없어. 그건 저쪽 세계에서도 몇 번이나 말했던 일이야. 그런데 지금 이 동네에는 유령들이 우글거리고 있지. 이상하지 않아? 그렇다면 어디에서 왔을까? 이세계밖에 없어."

"저랑 같은 세계에서 왔다는 건가요?"

"같고 자시고. 같이 온 거야."

다른 세계로 뭔가를 보내려면 엄청난 에너지가 필요하다.

고위 신관을 여러 명이나 모아서 복잡한 술식을 짜야만 한다. 돈도 사람도 많이 필요한, 너무나 귀찮은 작업이다.

"여러 가지를 보내려면 한 번에 보내는 쪽이 좋지."

안젤리카의 흔들리는 녹색 눈동자를 보면서 말했다.

"신관들은 너한테 영체를 잔뜩 빙의시킨 상태에서 이리로 보냈어. 그렇게 하면 너도 악령들도 한 번에 보낼 수 있으니까."

"……거짓말이죠?"

안젤리카의 얼굴에서 핏기가 가셨다. 인형처럼 단정한 얼굴이 새파랗게 질리니까 더욱더 인공물처럼 보인다.

"한마디로."

한 박자 쉬고, 말했다.

"안제, 너였어. 최근 일주일 동안 이 건물에서 목격된 하얀 여자 귀신은, 바로 너였다고."

"무슨 말인지……."

"넌 네가 생각했던 것보다 일주일 정도 빨리 이쪽으로 왔어. 처음 며칠 동안에는 너한테 씌운 영한테 완전히 조작당하고 있었겠지."

단, 전송된 곳은 내 옆방이었지만.

겨우 몇 미터 정도의 오차라도, 답답하고 좁은 일본의 주택 사정 때문에 「남의 집」이 돼버린다.

고독하게 혼자 살던 노인이 죽음을 기다리던 방. 그런 곳에 갑자기 안젤리카가 나타나면 천사가 찾아왔다고 생각했겠지.

말상대가 돼주기만 해도 일본의 정보를 얼마든지 얻어낼 수 있었을 것이다.

하지만 중간에 그 정보원이 사망해서 다른 수단을 통해서 지식을 공급할 필요가 생겼다.

어쩔 수 없이 자력으로 학습하기로 했겠지.

처음에는 신성 무녀의 의상을 입고 돌아다니면서 괴담을 만들어냈다. 하지만 중간에 노인의 옷을 빌리는 지혜를 익히고 서점에 책을 사러 갈 정도의 적응력도 생겼다. 악령은 안제의 육체를 이용해서 점점 현대 일본의 지식을 배웠다.

“여기서 며칠 동안 자고 샤워도 했겠지. 시체 냄새가 강해져 가는 방이니까, 냄새를 지우려고 하는 건 자연스런 일이지. 그래서 처음부터 안제 머리카락에서 좋은 냄새가 났던 거야. 현대 일본의 샴푸에서만 나는 화학적인 향기가. 이세계의 향료나 비누로는 그런 냄새가 나지 않는다고.”

그 뒤에 육체의 주도권을 되찾은 안젤리카는 자기 머리카락 냄새 따위는 알아차리지도 못한 것 같지만. 자는 사이에 멋대로 머리를 감은 것이나 마찬가지였고, 눈을 떠보니 다른 나라인데다 내가 돌아왔다. 만약에 알아차렸다고 해도, 자기 머리카락 냄새 따위는 우선순위가 엄청나게 낮았겠지.

만약 내가 다른 세계로 소환당하고, 내 머리카락에서 평소와 다른 샴푸 냄새가 났다면? 그런 것보다 중요한 것들이 수도 없이 많다. 그딴 것은 무시다.

“……전부 억측이죠?”

“그래. 하지만 상황이 너무 똑같아, 내가 했던 때하고.”

“아빠가?”

“이 전법은 말이야, 저쪽에서 나와 신관장이 생각해낸 거야. 포로를 잡은 뒤에 길들인 영체를 빙의시킨다. 육체의 조작권을 빼앗은 뒤에 적지로 돌려보내고. 그다음은 마음대로 저지를 수 있게 되지. 파괴 공작을 해도 좋고, 내분을 일으켜도 좋고. 도저히 이길 수 없는 상대나 함락할 가망이 보이지 않는 성을 공략할 때 이 방법을 썼어. 아직 능력치가 낮았던 시절에 특히. 약자가 강자에게 쓰는 수법이지. 이세계 사람이 최강의 용사를 공략하는 때가 바로 그런 때가 아니겠어?

이 수법을 저지른 뒤에 남는 것은 복수의 목격담이 남았지만 정작 자신에게는 기억이 없는 당사자.

빙의한 뒤로 시간이 지나면서 본인의 인격이 밖으로 나오게 되는 것도 전형적인 증상이다. 곤도가 딱 그런 경우다. 그 조폭은 틀림없이 안젤리카 안에서 나온 영 중에 하나에게 조작당했을 것이다.

"그치만, 그런 건 말도 안 돼요."

안젤리카가 떨리는 목소리로 말했다. 눈에는 눈물까지 글썽이고.

"안제. 네가 나와 만났을 때 일은 기억나? 내가 문을 열자마자 베란다 쪽에서 달려왔지. 옆집 베란다에서 이쪽으로 넘어왔을 거야. 그래서 그런 데 있었던 건 아닐까? 정신을 차려보니 내 방 베란다에 있었고. 안 그래?"

안젤리카는 대답이 없다.

"안제?"

"……."

"안제. 어떠냐고."

"……신관장님은, 용사님께 답례를 하고 싶다고 했어요. 그런데 어째서, 이런 일이."

글쎄? 목적 따위는 알지도 못하고 관심도 없다.

어차피 속이 뒤집힐 것 같은 내용일 테니까.

"아니에요, 절대로…… 왜냐하면 제가 처음 만난 남자는 아빠고, 이런 할아버지는 지금 처음 봤는데……."

"기억이 없는 건 어쩔 수 없어. 원래 그런 수법이니까."

그런 거라고, 말하면서 한숨을 쉬었다.

하얗고, 탁한. 난방이 들어오지 않은 실내의 기온은 바깥과 다를 게 없다.

"이것보다 상황을 제대로 설명할 방법이 있어? 없잖아? 의심이 가는 건 더 있어. 내 방에서 감지를 썼더니 안제 널 중심으로 방사상으로 퍼진 영이 있다고 했었지? 그거, 영들이 안제의 몸에서 나온 탓이 아닐까."

전부 네가 원인이라고, 그렇게 말했다.

"저, 때문에."

안젤리카가 굳어져 버렸다.

"그런데 지금 말한 추측들은 안제 너한테도 호의적인 해석이야."

"……무슨 뜻이죠."

"더 나쁘게 해석하면 이렇게 되지. ──사실 너는 전부 다 알고 있던 게 아닐까? 신관장과 한패가 아니었을까? 처음부터 나한테 해를 끼치려고 접근한 건 아닐까? 자발적으로 악령들을 끌고 온 건 아닐까?"

"전, 그런 게."

안제는 두 손으로 입을 가리고 바들바들 떨었다.

비호하고 싶어지는, 안아주고 싶어지는 동작이다. 저것도 다

연기일까?

"넌 너무 수상해."

움찔. 안젤리카의 어깨가 흔들렸다.

"이렇게 꼴사나운 아저씨한테 갑자기 젊고 예쁜 여자애가 다가오면 뭔가 다른 꿍꿍이가 있다고 생각할 수밖에 없어. 유난히 적극적이었잖아? 그것도 신관장이 시킨 대로 연기한 건 아닐까?"

"전 아빠가 좋아서, 그래서……."

또 그 소리. 곤란할 때면 그런 소리를 해서 날 현혹시키면 된다고 생각하겠지.

"만나서 얼마 되지도 않았는데 좋아, 좋아하면 그걸 믿을 것 같아. 당연히 안 믿겠지."

"……아빠를, 정말로 좋아해요."

"남자라면 누구든 상관없는 건 아니고? 그냥 이성이 신기한 게 아닐까."

"——."

그 말이 계기가 됐다.

안젤리카는 뒤도 돌아보지 않고 현관 쪽으로 뛰어갔다.

이대로 가다간 폭력을 행사할 거라고 생각했을까, 정신적으로 견디기 힘들었을까.

어느 쪽이건 상관없다. 어느 쪽이건. 이유가 뭐가 됐건 「안젤리카를 울렸다」는 답은 변함이 없다.

"……젠장."

활짝 열린 현관문에서 차가운 바람이 들어온다.

깡깡깡깡, 계단을 빠르게 내려가는 소리가 들려온다.

날 좋아한다고 말했던 여자아이는 저 멀리 어딘가로 뛰어갔다.

난 대체 뭘 하고 있는 거지.

안젤리카가 귀신 소동의 중요한 힌트를 쥐고 있는 건 사실이다.

그렇다면 이렇게 쫓아내면 안 되는데. 이용당했던 고의건, 좀 더 들어야 할 말들이 있는데.

이게 아니었다. 사실은 좀 더 담담하게 몰아붙일 생각이었다. 그런데 대체 왜 도중에 그렇게 감정적으로 말해버린 걸까.

이건 마치 나이 어린 여자 친구와 싸운 꼴이잖아. 보호자가 돼주겠다고 했으면서, 나는 전혀 어른답지 못했다.

머리를 좀 식혀야겠다. 느릿느릿 베란다로 나가서 올 때처럼 뛰어넘고 내 방으로 돌아갔다.

창문을 닫고 부엌으로. 컵에 물을 따르고 단숨에 들이켰다. 겨울 수돗물은 엄청나게 차가워서 목이 아플 지경이다.

당장이라도 안젤리카를 찾아야 할 텐데 의욕이 전혀 생기지 않는다.

침대 쪽으로 가서 걸터앉았다. 멍하니 스마트폰 화면을 본다. 시간은 오후 5시 11분.

겨울 해는 짧다. 이제 곧 어두워진다. 그래, 시체를 발견했다. 신고하는 게 좋겠지. 집주인한테도 연락해야 하고.

침대에서 일어났을 때, 책장 앞에 개켜놓은 하얀 천이 눈에 들어왔다.

귀신 소동의 원인이 됐을 안젤리카의 신성 무녀 복장이다. 의문의 소재로 만든 반투명 베일은 이세계에서도 엄청난 고급 물건이라고 들었다.

그것을 바로 바닥에 내려놨다.

그리고 그 무녀 복장 위에는 갈색 종이 쇼핑백이 올려져 있었다.

어제 내가 안젤리카에게 줄 옷과 과자를 사올 때, 그것들을 넣었던 것이다.

깔끔하게 접어서 소중하게 챙겨뒀다. 쇼핑백도 포장도 그냥 쓰레기니까 버리라고 했는데 챙겨뒀다. 아빠가 처음 준 선물이라고 고집을 부리면서 안 버리겠다고 했다.

이세계 제일의 고급 천을 밑에 깔고 보물처럼 올려놓은 쇼핑백.

"난 바보야."

중얼거린 순간, 시야에 메시지 창이 나타났다.

【파티 멤버 신성 무녀 안젤리카의 호감도가 500 감소했습니다.】

난 정말 바보다.

용사질이나 하느라 학교를 못 다녀서 그렇겠지.

안젤리카가 나한테 호의를 품고 있다는 건 이렇게 시스템 메시지가 증명해주고 있는데.

지금은 호감도가 내려가 버렸지만, 그전에는 독점욕을 품고 있다고 표시됐었다.

그 녀석은 연기를 해서 나한테 접근한 게 아니다. 정말로 날 원하고 있다.

화가 나서 그런 중요한 것도 잊어버렸다.

아니, 머릿속에서 날아가 버렸다.

안젤리카 안에 대량의 영체가 빙의돼 있었다고 생각만 해도 정신이 나가버릴 것 같았다.

제정신이 아니었다. 아주 잠깐 생각했던 「안젤리카도 한패가 아닐까」라는 의심에 사로잡혀서 발작을 일으키고 말았다.

이건 어른이 할 짓이 아니다. 어린애나 하는 짓이다.

왜 그렇게 발끈했던 걸까?

나한테 그만큼 중요한 일이었기 때문이다. 믿었기 때문에 그 작은 의문만으로도 이상해져 버렸다.

그 녀석과 관계되면 냉정해지지 못하는 걸까?

안젤리카를 좋아하는 걸까?

나도 잘 모르겠다. 한 가지 확실한 것은 찾아내서 사과해야 한다는 것.

난 글러 먹은 아버지다.

방에서 뛰쳐나갔다. 황급히 계단을 뛰어 내려가다가 발을 멈췄다.

무작정 뛰어다녀봤자 찾지도 못할 테니까, 크게 점프해서 지붕 위로 올라갔다. 높은 곳에서 보면 찾기 쉬울 거라는 생각에.

하지만, 안 보인다.

대체 어디까지 가버린 걸가. 두 번 다시 돌아오지 않는다…… 그런 생각은 하기 싫다.

뛰어내려서 있는 힘껏 달렸다. 수백 미터를 갈 때마다 건물 지붕 위로 올라가서 이리저리 둘러봤다.

은폐 마법으로 모습과 소리를 감추기는 했어도 진동까지는 어떻게 할 수가 없다. 갑자기 지붕이 울려서 깜짝 놀라는 집들이 속출하고 있겠지. 미안하지만 지금은 신경 써줄 여유가 없다.

주택가를 빠져나와 국도를 따라 달렸다. 편의점 옥상에 올라가서 주위를 둘러본다.

안 보인다. 집에서 점점 멀어져간다.

지나가는 사람들한테 백인 소녀를 본 적 없냐고 물어볼까도 했지만, 안젤리카한테도 아직까지 은폐 마법이 걸려 있다는 게 생각났다. 마력이 없는 일반인한테는 투명인간으로 보일 테니까, 목격한 사람이 있을 리가 없지.

나는 지상으로 내려와서 다시 집 주변으로 돌아가기로 했다.

숨을 헐떡이면서 계속 달린다. 주차장을 하나하나, 구석구석 뒤진다. 없다.

집으로 돌아왔을지도 모른다고 기대하며 계단을 올라가서 문을 연다. 없다.

"안제……."

나는 뭔가를 찾는 것을 정말 못한다. 내 인생조차 잃어버렸을 정도로.

이런 내가 안젤리카를 찾을 수 있을까?

터벅터벅, 근처 놀이터를 걸었다. 봄이 오려면 아직 많이 남아서, 놀이터를 둘러싸고 있는 벚나무에는 줄기와 가지밖에 없다. 살을 전부 발라낸 뼈 같은 빈약한 인상이다.

이딴 건 그냥 나무 막대다. 철봉, 정글짐, 평행봉. 그네. 놀이기구조차도 막대를 모아놓은 것들. 죽 늘어선 철제 뼈다귀다.

이런 뼈다귀밖에 없는 놀이터에 딱 하나, 살집이 붙은 놀이기구가 있다.

하늘색의 코끼리 모양 미끄럼틀. 어린이용 물뿌리개처럼 생겼고, 배 부분 안쪽에 사람이 들어갈 수 있어서 아이들이 숨바꼭질할 때 자주 이용한다. ……여기로 들어갔다면 높은 곳에서는 코끼리 등밖에 보이지 않는다.

사각(死角)이다.

별생각 없이 들여다봤다.

"이런 데 있었구나."

이 놀이터는 방 창문에서도 보이는 곳이다.

아무리 그래도 이런 곳으로 도망칠 리는 없다고 생각했다.

하지만, 애당초 도망칠 생각이 없었을지도 모른다.

쫓아오고, 찾아줬으면 싶어서, 가까운 곳에 숨었다. 그런 생각이었겠지.

"미안, 내가 잘못했어. 그만 가자."

안젤리카는 미끄럼틀 밑에서 무릎을 끌어안고 앉아 있다. 뺨에는 눈물 자국이 남아 있고.

몸을 숙이고 손을 뻗었다. 고개도 숙였다.

"나이 먹은 어른이 할 짓이 아니었어. 반성하고 있어. 내가 너무 흥분했나봐."

내가 생각해도 정말 대책 없는 변명이었다. 가정폭력을 저지르는 남편 같은 소리다.

【파티 멤버 신성무녀 안젤리카의 호감도가 300 감소했습니다.】

"……넌 그렇게 날 좋아해 줬는데 말이야. 나 자신한테 자신이 없었어. 너 같은 애가 왜 나한테? 라는 생각도 들었고, 그쪽 세계의 것들은 전부 의심하게 돼버렸거든. 그쪽에서 험한 꼴을 워낙 많이 당해서…… 이건 그냥 변명이겠네. 뭐라고 해야 좋으려나……."

【파티 멤버 신성무녀 안젤리카의 호감도가 200 감소했습니다.】

"너한테 영체 따위를 빙의했다고 생각했더니 발끈해서 머릿속이 새빨개지더라고. 왜 그랬는지는 모르겠지만 그렇게 됐어. 대체 왜지? 머릿속이 끓어오르고, 생각이 정리가 안 되고, 평소 같으면 하지도 않을 말이 튀어나왔어. 상대가 너라서 그렇게 된 것 같아. 다른 여자였으면 이렇게까지 하지는 않았을 텐데……."

【파티 멤버 신성무녀 안젤리카의 호감도가 100 감소했습니다.】

"……나한테, 돌아와 줘. 네가 있으면, 즐거워. 감지도, 도움이 되고. 제발 돌아와 줘. 다시는 심한 말 안 할게. 소중히 여겨

줄게. 지금보다 벌이가 좋은 일을 해서 좋은 옷을 입혀주고 싶어. 맛있는 것도 먹여 줄게. 꼭, 해줄게."

【파티 멤버 신성무녀 안젤리카의 호감도가 1 상승했습니다.】

안젤리카는 천천히 밖으로 기어 나왔다. 눈을 벅벅 비비며 일어나더니 눈을 부릅뜨고 날 노려봤다.

"미안해."

"……제가 왜 이런 데 숨었는지는 아세요? 쫓아올 거라고 생각해서 그랬어요. 그 정도 계산은 할 수 있다고요. 바보가 아니니까."

엉덩이에 묻은 흙을 탁탁 털면서 가시 돋은 목소리로 말했다.

"일부러 찾기 쉬운 데 숨었는데 이렇게 오래 걸리다니……. 좀 이상하지 않아요."

"미안해."

"그 말밖에 몰라요?"

뭐라고 할 말이 없다. 지금은 그저 용서를 빌 뿐이다.

"그 말에 정말 상처받았어요."

안젤리카는 두 손 손가락 끝은 맞대고 코끼리 미끄럼틀 옆구리 쪽을 봤다.

"남자라면 아무나 상관없는 게 아니냐는 그 말. 정말 너무한 거 아닌가요."

"미안해."

"솔직히, 조금은 사실이니까요. 그래서 충격이 더 컸겠죠."

"……?"

안젤리카는 두 팔을 벌리고 빙글, 몸을 돌렸다.

그리고 고개만 내 쪽으로 돌리고서 말했다.

"솔직히 말하자면요, 신전에서 나올 수만 있으면 뭐든지 상관없었어요. 여자들밖에 없는 데서 매일같이 기도만 하고. 정말 지긋지긋하잖아요. 계기는 뭐, 용사님께 보내는 선물이건 모험자 파티에 스카우트되건, 뭐든 상관없었거든요."

초록색 눈동자에 흐릿한 색이 깃들어 있다.

"아빠를 처음 만났을 때, 솔직히 '별로네?'라고 생각했어요. 용사라고 해서 한눈에 알아볼 수 있을 만큼 멋있게 생겼을 거라고 생각했는데, 비쩍 마른 아저씨잖아요. 뭐~ 이 정도로 만족하자, 라는 느낌. 남자랑 같이 살 수만 있다면 누구든 상관없다는 기분이기도 했고. 계속 남자친구가 있었으면 싶었으니까."

그리고 말이죠. 안젤리카가 계속해서 말했다.

"아빠랑 사귀다가, 바로 헤어지고, 이쪽에서 좀 더 괜찮은 남자랑 사귀는 것도 괜찮겠다, 그런 생각을 하기도 했어요. …… 아빠 같은 아저씨를 젊은 여자애가 무조건 좋아할 리가 없잖아, 라고. 건방진 생각도 했죠."

퍽. 흙을 차는 소리가 났다. 안젤리카가 다시 몸을 돌렸다.

정면으로 마주 보는 모양으로.

"……하지만…… 실제로 둘이서 살아봤더니, 아빠는 정말 상냥했고…… 밤에는 엘자 씨 이름을 부르며 괴로워하는 모습이,

불쌍하기도 했고…… 다른 여자애하고도 친하게 지내는 걸 알고 나서는 죽어도 빼앗기지 않겠다는 생각도 들었고…… 그리고, 이렇게, 날 찾아내 줬고…….”

안젤리카의 두 눈에서 눈물이 뚝뚝 떨어진다.

매끄러운 뺨을 타고서 턱을 향해 흘러간다.

“지금은 정말로, 아빠가 좋다고요…….”

“알았어. 이제 알았으니까.”

“아빠가 아니면 안 된다고요……!”

아마도, 안아주는 게 정답일 거라고 생각했다. 내 둔하고 녹슨 머리로도 그 정도는 안다.

안젤리카의 머리를 쓰다듬으면서 조용히 말해줬다.

“나도, 네가 아니면 싫어. 오히려 엘자와 닮은 여자를 보냈다면 더 힘들었을 거야. 넌 모든 면에서 그 녀석과 정반대니까. 같이 있으면 안 좋은 기억을 잊게 돼.”

안젤리카는 코를 훌쩍거리면서 내 가슴에 얼굴을 묻었다.

“네가 좋다, 안제. 너라서 좋아.”

【파티 멤버 신성무녀 안젤리카의 호감도가 9999 상승했습니다.】

시스템 메시지를 대충 읽으면서 안젤리카의 등을 툭툭 두드려줬다.

왠지 아까부터 계속 느끼한 대사들만 늘어놓고 있네.

됐어. 지금만은 멜로드라마 등장인물처럼 굴기로 했으니까.

……그런 생각을 했더니 창피해지기 시작했다. 잠시 동안 그렇게 혼자 부끄러워하고 있는데 안젤리카가 고개를 번쩍 들었다.

"분명히, 말했어요."

웃으면서 그렇게 말했다.

……뭔가 함정에 빠진 것 같은 기분도 드는데.

◇ ◇ ◇

집주인에게 전화해서 이웃집 분이 돌아가셨다고 말했다.

지금 어디 있느냐고 물어서 놀이터라고 대답했고, 그랬더니 최초 발견자니까 방으로 돌아가서 대기하라고 닦달했다.

역시 시체를 발견한 경위에 대해서 이것저것 캐물으려나?

"귀찮은데."

통화를 끝내고 벤치에 앉았다. 안젤리카도 옆에 앉아서 내 눈을 빤히 쳐다봤다.

"제가, 정말로 그 할아버지하고 같이 살았을까요."

"겨우 며칠 정도일 테고, 아직 추측 단계지만."

"조작당했다고 해도 같이 살던 분이니까, 장례식에는 가는 게 좋으려나요."

장례식을 치르기는 하려나. 고독사했을 정도니까 유족들이 그냥 조용히 끝낼 것 같은데. 유족이라고 해봤자 먼 친척밖에 없을 수도 있고.

"전부 정리가 되면 문 앞에 꽃이라도 바칠까? 그 정도가 적당한 거리감일 것 같은데."

밤의 놀이터는 너무나 조용했고, 우리 말고 다른 사람은 없었다.

대화가 끊어지자 소리가 없어졌다. 여자아이들은 침묵을 싫어한다고 하던데, 뭔가 말하는 쪽이 좋으려나? 그런 생각을 하는데 안젤리카가 먼저 입을 열었다.

"유령들이…… 제 몸을 움직이는 사이에 이상한 짓은 안 했으면 좋겠는데 말이죠. 어쩌죠? 만약 제 몸을, 정말 이상한 짓에 쓰기라도 했다면."

"예를 들어서?"

"성적인 일. 비위생적인 일. 그런 거요."

안젤리카는 떠보는 것 같은 눈으로 날 쳐다봤다.

"안젤리카 탓이 아니니까 신경 안 써. 소중한 딸이니까."

불안해하는 마음은 이해한다.

남자인 나도 누가 내 몸을 멋대로 움직였다고 생각하면 생리적인 혐오감이 들 정도니까. 열여섯 살 소녀라면 무시무시한 일이겠지. 전에 스테이터스를 감정했을 때 비고에 남성 경험이 없다고 했으니까 괜찮을 것 같기는 하지만.

"후후. 아빠라면 그렇게 말해줄 것 같았어요. 어쨌거나 소중한 딸이니까요…… 어라, 딸?! 따알?! 여기까지 와서 또 그 소린가요?! 절 찾아냈을 때 했던 그 달콤한 말들, 아무리 생각해봐도 연인들 사이에서 하는 말이잖아요! 여기선 『소중한 여자 친구니까』라고 해야 하잖아요!"

"아빠가 딸이랑 싸웠을 때도 그 정도 말은 하잖아. 사이좋은 부녀라면 할 수 있는 말이야."

그때는 내가 어떻게 됐었던 것 같다. 내가 생각해봐도 '이거, 꼬시는 문구 아닌가?'라는 묘한 기분이 들기는 했지만, 불가항력이었다고 생각하고 싶다.

"……진짜 고집이 세네요……."

삐친 안젤리카의 어깨에 손을 얹었다.

"그래, 난 고집이 세. 네가 어른이 될 때까지는 아빠로서 열심히 예뻐해 줄 테니까. 어디까지나 아빠로서 말이야. 싫어도 그렇게 할 테니까. 자 그럼, 바로 벌레를 잡아볼까. 이것도 자식을 위한 일이니까."

"벌레요?"

"또 묘한 망령이 몸에 들어오면 안 되잖아. 그 녀석은 지금도 어딘가에 잠복해 있어. 결계 마법을 걸어줄게."

"아, 그렇겠네요."

이제 두 번 다시 안젤리카가 조종당하는 일은 없을 거라고 생각하며 기동을 준비했다.

세이크리드 서클. 대상의 반경 300미터 정도 범위를 절대적으로 방어하는 신성한 원. 안젤리카 주위에 있던 영체들을 날려버렸을 결계다.

지금 생각해보면, 이걸 쓰지 않았다면 방 주변에 있던 악령들을 단번에 해치울 수 있었다

하지만 그때는 그놈들이 이세계에서 왔을 거라고 생각도 못했었다. 현대 일본에도 유령이 있을지도 모른다고 해석했기 때

문에, 지금 쓰러트려봤자 의미가 없다고 판단했고.

어딘가의 묘지나 시체에서 나와서 여기까지 왔을 테니, 그 근원을 끊지 않으면 끝이 없을 거라고 생각했었다.

하지만 이세계에서 온 빙의 전법이라고 생각하면, 끊어야 할 「근원」은 유령 집단의 지휘관이 된다. 수많은 유령들을 통솔하는 가장 강력하고 고용주에게 충실한 영체형 몬스터. 그 녀석들이 텔레파시로 다른 유령들에게 명령을 내리고 있을 것이다. 보통 레이스나 스펙터 같은 것들을 훈련시켜서 사용하고, 저급 유령들하고 달라서 안 좋은 쪽으로 눈에 띄니까.

당장이라도 찾아내면 좋을 텐데.

"어디 있으려나, 유령."

나는 안제에게 결계를 걸어주면서 중얼거렸다.

"오늘 하루 종일 그렇게 돌아다니면서 찾았는데도 한 마리도 없었으니까. 앞으로 얼마나 더 고생을 해야 할지."

"제 힘이 너무 부족한 것 같아요."

"안제 잘못이 아냐. 이건 뭔가 이상해."

안젤리카의 감지는 수백 미터나 떨어진 곳에서 아야코의 사악함을 간파했을 정도. 사정거리도 정밀도도 우수하다. 이 정도 실력을 가진 안젤리카가 시내를 탐색했는데 단 한 마리도 찾아내지 못했다.

유령의 시야에도 사각은 있겠지. 건물 속에라도 들어가서, 밖에서 지나가는 안젤리카와 적당한 거리를 유지하고 있는 걸까.

우리 수법이 들킨 건 아니려나?

예를 들자면 어디선가 우리들의 움직임을 보고 있다든지. 그리고 그 놈이 동료들에게 텔레파시로 알려주고 있다. 그렇다면 안젤리카가 접근할 때마다 여유있게 도망칠 수 있으니까.

하지만, 어떻게 해서?

안젤리카를 눈으로 볼 수 있는 거리에서 감시하는 영이 있었다면, 이미 감지의 사정거리에 들어왔을 것이다.

아주 먼 곳에서 우리를 감시해서 다른 유령들에게 가르쳐주는 방법은?

……그건 아니야. 영체의 시력이 좋다는 말은 들어본 적도 없고, 오히려 인간보다 나쁘다. 시력이 좋은 생물에 빙의해서 멀리서 감시한다면 또 모를까.

아니, 이것도 아니다. 이세계의 유령은 보통 생전과 똑같은 종족에만 빙의할 수 있다. 만약 인간보다 시력이 뛰어난 새에 빙의했다면, 그 유령은 마찬가지로 새의 유령이다. 텔레파시를 보낼 만큼의 지능이 없기 때문에 감시 역할을 맡을 수 없다.

CCTV나 도청기를 사용했을 리도 없고. 하지만 이 짧은 기간 동안에 그것들을 다룰 만큼의 현대 지식을 배우고 돈도 준비했다면, 소형 도청기 정도는 구했을지도 모른다.

만약 그것을 안젤리카의 옷에 장착했다고 해도, 그건 신성 무녀의 의상이겠지. 지금의 안젤리카는 세이크리드 서클을 쳐서 유령이 다가오지 못하게 한 뒤에 새로 산 현대 일본의 옷을 입고 있다. 속옷까지도.

옷에 도청기를 장치했을 가능성도 없다고 봐도 좋다.

대체 어떤 수법을 썼을까?

머릿속에 의문이 가득한 상태로 결계를 치는 작업을 마쳤다.

"오케이. 이걸로 안제의 주변은 안전지대야."

"정말 고마워요. 그렇게 심한 말을 했으니까 뒤처리도 해주셔야겠죠? 이것 말고도 또 뭔가 있는 거죠?"

"윽. 그래, 뭐."

당황하면서도 생각했다.

안전지대…… 그래. 놈들은 어딘가 안전하고 찾아내기 힘든 곳에 숨어있다.

안젤리카의 감지에도 걸리지 않고, 그러면서도 일방적으로 우리를 감시할 수 있는 곳에.

어디에 들어가면 그럴 수 있을까?

사물이나 인간에 빙의해봤자 감지당하면 끝장인데.

뭔가 일방적으로 놈들에게 유리해질 수 있는 장소. 난 그것을 놓쳤다.

이런 때는 상대의 입장이 돼서 생각해봐야 한다. 영체 입장에서 본 용사 나카모토 케이스케를 공략할 방법. 나는 절대적인 능력치를 자랑하니까 일단 정면으로 싸워서는 이길 수 없다.

가장 간단한 공략 방법은 날 직접 조종하는 것이겠지만, 마법 방어가 너무 높아서 불가능했겠지.

평범하게 생각해보면 영체의 필승 패턴은 「대상에 빙의해서 조종하고 자살한다」. 이것이 가장 깔끔하고 좋다. 최소한의 수고로 상대를 죽이고 남은 사람들에게도 큰 대미지를 줄 수 있으니까.

그렇다. 영체는 항상 적을 이용하려고 한다.

조종하는 적이 강하고 다른 사람들이 좋아하는 인물일수록 그 놈들도 강해진다.

그래서 나름대로의 능력치를 지닌 데다 예쁜 소녀인 안젤리카에게 씌운 것이다. 전력적으로도 외모적으로도 쓸 만한, 이상적인 빙의 대상이라고 할 수 있겠지.

그렇다면 곤도한테는 왜 빙의했을까. 그 녀석도 현대인 중에서는「강한」부류에 들어가기 때문이겠지. 현대사회에서 총이나 도검을 가진 인물은 조폭 말고는 거의 없으니까. 게다가 드나드는 집에 엘자와 똑같이 생긴 소녀 리오까지 있으니, 여러모로 편리하겠다고 판단한 건 아닐까. 리오를 인질로 삼았다면 나도 상당히 동요했겠지.

……인질. 지금 내가 가장 싫어할 것 같은 일.

용사에게 주는 선물로 예쁜 소녀를 보냈을 때, 내가 정을 주게 되리라는 것까지는 쉽게 생각할 수 있는 일이다.

그러면 안젤리카한테 손을 대게 될 테고. 이게 내 새로운 약점이다. 내 적이라면 그걸 노려야겠지.

그런데, 어떻게 해서?

안젤리카를 이용하고, 일을 놈들에게 유리한 쪽으로 끌고 가는 방법. ……뭐가 있을까?

영체의 특성과 내가 항상 곁에 두는 소녀의 조합으로, 사용할 수 있는 수단.

"아……. 있다."

"아빠?"

"그거라면 항상 우리의 행동을 감시하고, 내가 건 세이크리드 서클을 피할 수도 있겠네."

갑자기 왜 그러냐고, 안젤리카가 내 얼굴을 들여다봤다.

"간단한 얘기야. 왜 여태 몰랐을까. 안제의 『주위』에 영이 다가오지 못하더라도, 안제의 『안』에 있으면 아무 문제도 없으니까. 거기는 결계로 지켜주는 곳이 아니니까. 태풍의 눈 같은 거야. 결계를 치기 전에 그 안에 들어가 있는 영이라면, 오히려 그곳을 안전한 감시 지점으로 이용할 수 있을 테니까. 감지 스킬도 효과 범위는 『자기 주위』일 뿐이지 『자기 안쪽』은 아니잖아. 안제의 스킬에 걸리지도 않아."

"무슨 뜻이죠?"

그러니까,

"네 안에 아직 있는 게 아닐까, 유령이."

안제의 움직임이 딱, 하고 멈췄다.

"……아직?"

"그래. 아직 밖으로 나오지 않은 놈이 있어. 감시역으로 안제 안에 남아 있지. 이거라면 납득할 수 있어. 일방적으로 이쪽을 감시할 수 있을 테니까."

빙의한지 시간이 지났으니까 육체의 조작권은 이미 안제에게 넘어갔다. 그래도 내부에 머물면서 동료 망령들에게 텔레파시로 지시를 내리는 것은 가능하다.

"시험 삼아 디스펠을 걸어 봐도 될까? 아무것도 안 나오면 다행이지만."

"꼬, 꼭 해주세요. 제 안에 이상한 게 숨어 있는 건 싫어요. 빨리 부탁드려요."

손끝에 마력을 담아서 안젤리카의 이마를 눌렀다.

"디스펠."

주문을 외우자 눈부신 빛이 뿜어져 나왔고, 먼저 내가 걸어놓은 결계 마법이 사라졌다. 결계가 풀어지고 안젤리카를 감싸고 있던 성역이 밤의 어둠 속으로 녹아버렸다.

그다음에.

이다음에 무슨 일이 일어난다면, 그건 틀림없이——

CHAPTER 6

"꺄하하하하하하! 정답~~~!"

큰 소리로 웃으며, 악령이 모습을 드러냈다.

안젤리카의 등 뒤에서 뭉게뭉게 튀어나온 그 녀석은 마치 하얀 연기처럼 보였다. 또는 한겨울의 한숨을 모아놓은 것 같기도 했고.

그것은 안젤리카를 감싸는 모양으로 퍼져나갔다.

마침내 한곳에 모이더니 덩치 큰 남자의 모습을 갖췄다. 상반신은 근육질이지만 하반신은 그냥 연기다. 망령이라기보다는 진에 가까운 모습이다. 눈과 코가 있어야 할 곳에는 공허한 까만 구멍이 뚫려 있을 뿐이고, 입만이 기묘하게 사람처럼 보였다.

가시화할 수 있는 레벨의 영체 중에 이런 외모가 되는 종족은 하나 뿐.

"레이스인가."

레이스는 마술사가 유체이탈에 실패해서 악령으로 변한 존재라고 한다. 그런 의미에서 보면 언데드라기보다는 인간의 영혼에 가깝다. 인간으로서의 자아를 지녔으니까 악령 집단의 통솔을 맡기에는 적임이겠지.

"안심했다고 용사님? 성불구자가 아니었어. 마누라를 죽이고 폐인이 된 줄 알았는데, 신성 무녀랑 잘 놀아나던데. 아니면 그건가, 젊은 새 마누라를 얻으려고 죽였나? 정말이지, 역시 영웅

님은 뭔가 다르다니까. 여자를 바꾸는 수단도 보통 사람은 상상도 못 할 짓이야."

입과 혀만은 정말로 인간과 닮았다. 말하는 것도, 쓰레기 같은 인간과 똑같다.

내가 노려보자 레이스는 안젤리카 뒤에 숨어서 손가락으로 뒷목을 더듬었다.

"꺄하하! 화났다! 용사가 화났다! 이봐, 위험하잖아! 아직 꼬리가 안젤리카 안에 남아 있다고! 다 나올 때까지 기다리지 않으면 디스펠까지 걸어버린 보람이 없잖아?"

그 말이 맞다.

빙의한 영체가 몸에서 다 빠져나올 때까지는 공격할 수 없다.

끝나기 전에 쓰러트리면 안젤리카에게 영적 장애가 남게 된다.

넘쳐나는 전투력을 가졌지만 지금은 기다리는 수밖에 없다.

짜증나고, 답답하다.

1초라도 빨리 이놈을 해치워버리고 싶은데 가만히 보고만 있어야 한다.

그런 날 보고, 레이스는 재미있어 죽겠다는 듯이 입가를 일그러트렸다.

안젤리카는 당장이라도 쓰러질 것 같다. 아빠, 라고 작은 소리로 신음하며, 무릎 아래쪽이 부들부들 떨리고 있다.

신전에서 자란 안젤리카는 단련의 성과로 스테이터스는 높지만 실전 경험은 거의 없다. 게다가 겁이 많다. 그런 아이를 악령이 만져대고 있으니 무섭기도 하겠지.

핏기가 가시는 게 느껴진다.

화나는 정도를 넘어서 살의에 도달했다.

이 자식이 우리 딸한테 무슨 짓이야? 왜 지금 이렇게 멀거니 서 있는 거야? 난 뭘 하고 있는 거냐고?

상황을 잊어버릴 정도의 깊은 분노.

참을 수 없다, 달려들어서 죽여 버리고 싶다. 그런데 그럴 수가 없다.

이렇게 괴로울 줄 알았다면 차라리 전부 잊어버리고 공격해버릴까 싶을 정도로.

하지만, 그렇게 하면 안젤리카를 구할 수 없다.

안젤리카를 확실하게 구해주고 싶어서, 안젤리카를 지금 당장 구하는 걸 참는다.

"어이쿠야~. 이제야 꼬리까지 나왔네. 기다리게 해서 미안해. 그런데 나오는 김에, 보다시피 안젤리카도 완전히 확보했거든."

레이스는 꼬리가 나오는 사이에, 안젤리카의 목에 오른손 손톱을 들이대는 짓까지 해뒀다.

"어라~? 용사님 너, 이거 체크 메이트 아냐? 네 바보 같은 화력으로 나만 날려버릴 방법이 있나?"

"인질을 잡았다 이건가? 그만두라고. 네가 더 끔찍하게 죽을 뿐이야."

"그게 언데드한테 할 소리야? 이미 죽은 몸이나 마찬가지거든. 게다가 이 몸에게는 더 이상 돌아갈 육체도 없거든! 꺄하하! 유체 이탈한 사이에 썩어버려서 말이지! 얼마나 더 끔찍하게 죽는다는 건데. 음…… 사랑하는 용사님이 자식이랑 같이 푹, 해버린다든지? 아, 미안. 이건 엘자가 죽을 때였지!"

너무나 천박하고 불쾌하게 웃는 악령이다.

천박하고, 가학적이고, 시끄럽다. 전형적인 레이스의 성격이다.

더 이상은 들어줄 수 없다.

나는 눈을 감고 스킬을 발동했다.

레이스가 안젤리카를 다치게 하지 못하도록, 여기서 가만히 서서 눈길을 사로잡는다.

레이스를 안젤리카한테서 떼어놓기 위해, 고속으로 날아가서 신성검 스킬로 찌른다.

나한테는 모순된 두 개의 행동을 동시에 할 수 있는 수단이, 있다.

【용사 케이스케는 MP를 2000 소비. 2회 행동 스킬 발동.】

【180초 동안 1턴에 2회 행동할 수 있습니다.】

"아앙……? 움직이지 말라고. 그런데 그 눈은 뭐야. 너, 뭔가 저지르고 있지?"

대답할 의무는 없다. 난 그저 가만히 서 있기만 하면 된다. 그러는 사이에 보이지 않는 또 한 사람의 내가 전부 처리한다.

"뻔히 안다고, 네 꿍꿍이 정도는."

"?"

"나랑 같이 푹 찔러버린 인질을 나중에 회복시키려는 거지?

아픈 걸 조금만 참으라고, 이기면 그만이라고. 그런 속셈이지?"

엉뚱한 예상을 지껄여대면서 확, 레이스의 몸에서 빛이 났다. 동시에 안젤리카의 표정이 굳어졌다.

"히야하아! 위험한 아빠를 둔 안젤리카한테는 공황상태를 선물해줘야지!"

공황상태.

공포나 고통을 느끼기 쉬운 상태로 만들어서 전의를 상실하게 만드는 디버프. 이걸 당하면—— 통각이 몇 배로 커진다고 한다.

언데드계 몬스터가 자주 사용하는 수법이다.

"나랑 같이 찔러보든지? 해보라고! 완전히 민감해진 안젤리카한테 그런 짓을 하면 미쳐버릴지도 모르거든! 뭐, 그건 그것대로 좋지 않아? 완전히 망가진 예쁜 인형이 생길 테니까? 나도 기대되네, 해보라고 용사님?"

"……착각도 그 정도면 우습기까지 하군."

자, 스킬 처리는 이미 끝났다. 너는 내가 선택하지 않았던 쪽의 선택지에 의해 쓰러진다. 「인질보다 레이스에 대한 공격을 우선하는」 선택지.

내가 아닌 내가 모든 것을 끝낸다.

그렇게 생각했는데.

"……?"

이상하다.

뭔가 이상하다는 걸 알아차렸다.

너무, 느리다. 평소 같으면 이미 2회 행동의 효과가 발휘됐을 텐데.

그런데, 왜?

"그렇군."

생각할 수 있는 답은 하나.

"너도 2회 행동을 하는 건가."

"빙고. 지금쯤 또 한 사람의 우리는 열심히 싸우고 있겠지. 오, 기억이 들어왔다."

우리는 서로가 2회 행동 스킬을 써서, 인과를 뛰어넘은 곳에서 열심히 싸웠던 것이다.

가만히 서 있는 나와 안젤리카를 붙잡고 있는 레이스.

기습한 나와 그것을 막아낸 레이스.

이 조합으로 한순간의 전투가 발생하면 그 결과는 「아무 일도 일어나지 않은」 것이 된다.

하지만, 그와 동시에 격렬한 공방을 펼쳤다는 인식이 뇌에 들어오게 되고.

강하다……. 이 정도 영역에 도달한 영체와 대치하는 건 처음이다.

"움직이지 말라고 했잖아, 용사님? 치사한 짓 하지 말라고. 페널티 하나. 지금 당장이라도 안젤리카의 살갗을 도려낼 거야~. 꺄하하하! 다 너 때문이야!"

"그만둬. 수단을 가리지 않으면 언제든 너까지 한꺼번에 해치울 수 있다는 건 알 텐데."

"앙? 들었니 안젤리카? 너까지 「한꺼번에」라는데. 히야하하!

역시 용사님은 뭔가 다르셔! 통감이 팍팍 늘어나서 무지무지 아픈 상태인 딸까지 같이 해치우겠단다! 꺄하하하하하!"

레이스는 몸을 뒤로 젖혀가며 웃어대고 있다. 너무 즐거워서 미칠 지경이라는 것처럼.

"아빠, 난 괜찮으니까……."

안젤리카는 두 눈에서 눈물을 흘리면서도 씩씩하게 행동하고 있다.

공황상태라서 공포심도 더 크게 느껴질 텐데. 그런데도 날 신경 써주고 있다.

정말 훌륭한 딸이다. 나한텐 아까울 정도로.

어째서 이렇게 착한 애가 나한테 오게 됐지?

여기 오지 않았다면 조용히 살 수 있었을 텐데.

하다못해 디스펠로 공황상태를 해제해주고 싶지만, 지금은 손가락 하나 까딱할 수 없다.

조금 전에 2회 행동으로 기습한 탓에 레이스가 신경이 날카로워져 있다. 이번에는 정말로 안젤리카를 다치게 할 수도 있다. 공포도 아픔도 훨씬 크게 느끼는 지금의 안젤리카를.

하지만, 내가 아무것도 안 한다고 해도 지금부터 안젤리카의 어딘가를 도려낸다고 한다.

어쩌지?

아예 안젤리카와 레이스를 한꺼번에 꿰뚫어버리는 쪽이 좋을지도 모르겠다. 그리고 바로 회복마법으로 상처를 치유하고.

오랫동안 괴롭게 하느니 심한 아픔을 느끼더라도 빨리 끝내는 쪽이 고통은 훨씬 적지 않을까.

내가 공격 준비에 들어갔더니 레이스가 입을 열었다.

"아~ 잠깐만, 잠깐만. 역시 관둘래. 상대가 신성 무녀라는 걸 깜박했네. 생긴 건 이래도 그 변태 같은 수행 하나는 열심히 해서 그런가? 아픈 건 참을 수 있을지도 모르겠네. 살갗을 도려내는 건 그만 둬야겠어. 야, 용사. 잘 된 거 아니냐. 내 마음이 바뀌었으니까 움직이지 않아도 돼. 그래, 그 손 내리라고."

무슨 꿍꿍이인지는 모르겠지만 안젤리카가 괴롭지 않다면 그게 제일이다. 나는 레이스의 텅 빈 눈을 향해서 말했다.

"뭐야? 교섭이라도 하게다는 거냐?"

레이스는 실실 웃으면서 안젤리카의 뺨에 손톱을 댔다.

"뭐~ 그게 말이지. 왜, 우리 악령들은 인간의 공포와 고통을 먹고 사는 존재가 아니겠어. 절망을 먹으면 배가 부른다고. 맛있어. 힘이 나거든. 그걸 좀 더 맛볼까 싶어서 말이야."

뜸을 들이면서 장기전으로 끌고 가려는 건가.

생각을 읽을 수가 없다.

"신성 무녀 안젤리카한테 외상 말고도 공포를 줄 수 있는 수단이 생각나서 말이야."

뭐든 좋다. 지금은 안젤리카가 물리적으로 다치지 않도록 하는 게 최우선이다.

공황상태는 그렇게 오래 가는 디버프가 아니다.

시간이 다 될 때까지 기다렸다가 통감이 원래대로 돌아온 직후에 안젤리카와 레이스를 꿰뚫는다. 그것이 지금으로서는 최선의 선택지겠지.

……안젤리카한테는 나중에 사과해야겠지만. 마법으로 상처를 막아준다고 해도, 의붓아버지가 몸을 꿰뚫는 건 최악의 경험일 테니까.

"몸에 흠집을 내는 것보다, 안쪽을 찔러주는 쪽이 효과적인 타입이 있거든. 안젤리카는 그쪽 같거든?"

"무슨 소리를 하는 거냐."

레이스는 나를 놀리는데서 쾌감을 맛보고 있는 것 같았다.

말을 들어주면 디버프가 풀릴 때까지 시간을 벌 수도 있을 테고.

내가 다음에 할 말을 기다려줬더니 놈은 유쾌하게, 정말 유쾌하다는 듯이 말했다.

"나 같은 놈이 안젤리카의 몸을 조종했잖아? 그것도 거의 일주일이나. 제대로 다뤘을 것 같아?"

"그래서 어쨌다고."

"일주일만 있으면 뭐든 할 수 있었거든? 사람을 죽이고. 훔치고. 몸을 팔고. 아주 깨끗한 신성 무녀의 몸이 더렵혀졌겠지."

난…… 딱히 아무렇지도 않다. 안젤리카의 의지로 한 일이 아니라면 그건 안젤리카의 죄가 아니니까.

하지만 안젤리카는 괜찮으려나. 슬쩍, 안젤리카 쪽을 봤다.

"……흐, 윽……."

"안제……."

"……흑……."

내가 아버지가 돼주겠다고 맹세한 소녀는 두 눈에서 눈물을 뚝뚝 흘리고 있었다.

그렇게 씩씩하게 굴었는데. 공포와 아픔을 끌어올렸어도 참았는데.

그런 안젤리카의 정신을 무너트리는 수단.

영원한 처녀라고 칭송받으면서 사랑을 꿈꿔왔던 소녀에게, 외상보다 더 큰 효과가 있는.

그게, 이건가.

악령다운 천박한 전법이다. 정신을 흔들어서 동요하게 만들려고 한다. 이겨도 져도 기분 나쁘게 만드는 것이 이런 몬스터의 특징이다.

하지만 무의미한 짓이다.

바보 아냐. 그게 나한테 먹힐 줄 알았나?

"자~ 이제 어쩔 거야 용사님. 어~린 계집애가 생겨서 엄청 좋았을 텐데 말이야? 이래도 애한테 열심히 지킬 가치가 있나? 더러워졌거든? 가치가 없잖아. 내 말만 좀 들어주면, 신품 신성 무녀를 구해다 줄 수도 있는데 말이야."

시키는 대로 하면?

그렇다면 이 레이스는 나한테 뭔가를 시키려고 이쪽 세계로 왔다는 뜻인가.

날 죽이려는 게 아니라, 나한테 요구를 받아들이게 하려고.

그런 시시한 짓을 하려고 이런 짓까지 벌이는 건가?

나 같은 건 그냥 죽이면 될 텐데, 굳이 안젤리카까지 이용한 건가?

"어쩔 거냐고 용사? 어라? 그나저나 나 지금 위험한 거 아냐? 인질로서의 가치라고는 개똥만큼도 없다는 걸 내 입으로 말해 버렸네. 으아, 큰일 났다. 그런데 말이야~. 난 안젤리카의 공포와 절망을 쪽~쪽 빨아먹어서 완전히 힘이 났거든. 이거, 그냥 싸워도 너한테 이길 것 같은데? 어라? 어라라?"

어쩔래 용사? 레이스가 일그러진 미소를 지었다.

어쩔 거냐고? 내 대답은 뻔하다.

"당장 안젤리카를 풀어줘. 꺼져. 다른 무녀 따위는 필요 없다. 시키는 대로 하지 않으면 약간 조잡한 수단을 써서라도 널 없애겠다."

"뭐어~? 무슨 소린지 모르겠네. 미안, 다시 말해줄래? 이 중고 계집을 어떻게 하라고?"

"놔주라고 했다, 이 귀신 자식아. 너, 내 이마에 뿔이라도 하나 달린 것처럼 보이냐? 내 클래스는 유니콘이 아니라 용사다. 안젤리카의 정조가 어떻게 됐을지도 모른다고? 그게 어쨌다는 건데? 엄~~청나게 사소한 일 가지고 네가 유리해졌다고 착각하지 말라고."

나는 그 아이의 연인이 아니라 아버지다. 딸이 더럽혀졌건 타락했건 나쁜 짓을 했건 계속 지켜주는 것이 아버지잖아. 좋은 부분만 사랑할 거라고 생각했나. 그딴 건 어딘가에 있는 백마 탄 왕자님한테나 맡기면 돼. 난 당나귀를 탄 더러운 아버지지만, 절대로 내 딸을 싫어하지 않는다.

여자아이에게 있어 마지막 생명선이자 절대로 배신하지 않는 단 한 사람의 남자, 그것이 아버지다. 안젤리카는 나 말고는 아버지라고 부를 존재가 없으니까 내가 그렇게 해야만 한다.

빨리 끝내고 안젤리카를 데리고 간다. 다른 것은 생각할 필요도 없다.

슬슬 안젤리카의 공황상태가 풀린다.

공포심과 통감이 원래대로 돌아오면 인질까지 말려들게 하는 전법도 쓸 수 있다.

정신이 망가지지 않는 범위의 아픔으로 끝내주겠다.

그리고 디버프는 한 번 걸린 다음에는 그날 하루 동안은 내성이 생긴다.

안젤리카를 다시 이 상태로 만들 수는 없다. 내가 인질 때문에 움직이지 못하는 일도 없다.

"안 되겠네, 용사. 너 맛이 갔어. 아니면, 엘자 같이 노예였던 계집한테 반했던 걸 보면 더러워진 여자가 취향이냐?"

안젤리카의 표정이 풀어졌다.

공황상태가 해제된 것이다.

한 걸음, 발을 내디뎠다.

"알았다, 알았어. 네가 중고를 싫어하는 건 알았으니까 움직이지 말라고. 그렇다면 말이야, 아직 인질한테 가치가 있다는 뜻이잖아? 히힛! 잘 됐네 안젤리카! 네 애비, 완전히 반한 모양이야! 이렇게! 긁어주면! 어떤 반응을 보이려나아아아아아아아아아아?!"

"하지 마, 죽는다."

"히야하하하하하하하하하하하!"

레이스가 외친 것과 동시에 안젤리카의 목에 빨간 줄이 그어졌다. 긁힌 상처다.

아주 조금, 손톱으로 그었을 뿐이다.

생명에는 지장이 없다. 경고하려는 셈이겠지.

더 이상 다가오면 더 큰 상처를 입히겠다는 신호일 것이다.

하지만, 이런 종이 모서리로 그은 것 같은 상처가 이놈이 죽는 원인이 됐다.

"하지 말라고 했을 텐데. 지금부터는 누구도 날 막을 수 없다. 이렇게 돼버리면 공격 범위를 좁히기 힘들어서, 그다지 좋아하지는 않지만."

"아앙?"

시야에 수많은 시스템 메시지가 표시됐고, 빠르게 흘러갔다.

【용사 케이스케는 어린 파티 멤버의 부상을 확인.】

【유니크 스킬 「부성」이 발동했습니다.】

【180초 동안 스테이터스와 스킬 배율이 상승 보정되고, 상태이상을 무효화합니다.】

【HP+1000%】

【MP+1000%】

【공격+1000%】

【방어+1000%】

【민첩+1000%】

【마공+1000%】
【마방+1000%】
【스킬 배율×10】

이 놀이터가 부서지지 않으면 좋겠는데. 지금 내가 걱정하는 건, 겨우 그 정도였다.

【용사 케이스케는 MP를 2000 소비. 2회 행동 스킬 발동.】
【유니크 스킬 부성의 효과로 스킬 배율에 10배의 보정이 추가 됩니다.】
【180초 동안 1턴에 11회 행동할 수 있습니다.】

행동 회수를 1회 늘리는 것이 2회 행동이다. 그것의 배율을 열 배로 늘리면 10회가 늘어난다.
11개의 선택지를 동시에 행할 수 있다. 레이스의 2회 행동으로는 도저히 대응할 수 없겠지.
"뭐, 안제는 아프지 않게 끝낼 수 있으니까 다행인지도 모르겠네."
내가 말한 것과 동시에, 세계의 법칙이 스킬에 따라서 움직였다.

레이스의 관심을 끌기 위해서 가만히 서 있는다.
자신에게 버프를 건다.
레이스의 품으로 파고 들어서 광검(光劍)으로 찌르고 안젤리카를 떼어낸다.

안젤리카의 목에 난 상처를 치료한다.

안젤리카를 안아서 후방으로 빠진다.

레이스를 광검으로 땅바닥에 박아버린다.

땅에 박힌 검의 손잡이를 쥐고 더 깊이 박는다.

레이스에게 배율 10배의 독 마법을 건다.

레이스의 오른팔을 절단.

레이스의 왼팔을 절단.

절단면에 광검을 박아 넣는다.

내 관점에서 나는 계속 가만히 서 있었지만, 레이스의 몸은 5미터 정도 뒤로 날아가서 광검으로 지면에 못박혀버렸다. 두 팔을 잃고 움직이지도 못하는 상태로. 마치 곤충 표본처럼.

잠시 후, 내 안에 11회 행동한 기억이 들어온다. 시간도 공간도 뛰어넘어서, 운명을 억지로 비틀어버린 것 같은 행동이다.

"……어?"

공허한 구멍뿐인 눈으로, 그래도 레이스는 재주도 좋게 「이상하다」는 표정을 지었다. 없는 부분이 더 많은 얼굴로 그런 표정을 지어 보이는 것도 일종의 재능일지도 모르겠다.

"……너, 무슨 짓을 했냐?"

빛나는 검이 배에 꽂힌 레이스가 멍하니 중얼거렸다.

아직도 무슨 일이 일어났는지 알아차리지 못했고, 그래서 아픔이 전해지지도 않았겠지. 무아지경으로 싸우다 보니 팔꿈치

아랫부분이 잘려나간 줄도 몰랐다는 병사도 있다고 한다.
모르는 건, 행복한 일이지.
그래서 가르쳐준다.
"너, 찔렸어. 남의 소중한 딸한테 같잖은 짓을 한 죄로, 꼬치에 꿰인 꼴이 됐고 두 팔도 잘렸다. 이제 이해했냐."
겨우.
겨우 사태를 이해한 레이스의 얼굴이 일그러졌다.
"으긱!"
신성검 스킬로 만들어낸 광검은 영체, 악마, 언데드에게 특히 효과가 좋다.
레이스는 영체와 언데드 양쪽에 포함된다. 덕분에 효과가 제곱으로 적용됐으니, 그 고통은 상상을 초월할 것이다.
"끼아아아아아아아아악!"
귀를 찌르는 비명. 기분 좋은 소리는 아니다.
빨리 정보를 알아내고 해치워버리자.
"자, 귀신 자식아. 뭘 알고 있지? 역시 신관장이 시켰나?"
"……히히히, 죽어, 뒈져버려……."
추가 광검을 두 개 만들어서 찔렀다. 두 눈을 정확히 노렸고 쿵, 하는 소리를 내면서 공원의 포장된 바닥까지 관통했다.
"카으악!"
"말은 가려서 해. 또 10회 연속을 당하고 싶냐. 상대가 인간이 아니라면 사정을 봐주지 않는다는 건 알고 있을 텐데."
공황 주문 영창 준비에 들어갔다.

안젤리카가 당했던 것과 똑같은 주문을, 열 배의 위력으로 선물한다.

영체한테는 속성이나 정신 쪽으로 공격하는 쪽이 좋다. 미치고, 자아를 잃어버릴 정도의 고통을 주면 아주 좋다. 괴로움에 몸부림치면서 사라져버리게 되겠지.

"너도 이거 위력은 잘 알지? 실컷 저질러봤을 테니까 말이야?"

"자, 자자자잠깐만! 안 했어! 그 신성 무녀한테는 아무 짓도 안 했어! 마법 방어력이 너무 높아서, 빙의해서 조종하는 게 고작이었다고! 정말이야! 저 아이는 여전히 처녀야! 솔직히, 빙의한 동안에 자아는 내가 되잖아? 남자인 내가 남자한테 몸을 팔 리가 없잖아!"

"그래서?"

"네가 신경 쓰는 건 이거잖아? 응? 그러니까 살려줘…… 치료를…… 치료…… 아프다고…… 독이지? 이거 독이지? 말도 안 돼, 뭐냐고 이거, 크억, 컥, 쿨럭, 쿨럭쿨럭."

"그야, 농도가 열 배로 진해진 독이니까."

배에 꽂은 광검을 빙글빙글 돌리면서 캐물었다.

"신관장이 시켰나?"

"그래…… 이봐…… 빨리 해독을…… 아그그그그…… 해독……."

"왜지."

"……크익…… 네가! 너무 세져서! 언젠가 보복하지 않을까! 무서워하는 놈들이 잔뜩 있어! 높은 놈들도! 넌, 마왕 토벌 때 엘자와 자신을 희생했으니까…… 그 원한으로, 네 힘으로 이쪽으로 오지는 않을까……."

한심하긴. 내뱉고, 머리를 걷어찼다.

"날 죽일 셈이었나?"

"가…… 가능하자면…… 그게 안 되면, 신성 무녀를 인질로, 얌전히 굴게 만들라는…… 지시……."

구해준 대중들이 날 두려워하고 귀찮아한다. 용사란 그딴 것이다. 그저 소모품인, 심부름꾼에 불과한 것이다.

"……말했잖아? 해독…… 빨리……."

조금이나마 자비를 보여주면 더 잘 털어놓으려나?

그렇게 판단하고 독을 풀어주기로 했다. 레이스는 씩 웃고는 고개를 들었다.

"아히, 으히히히. 역시 용사님이셔…… 정이 많구만…… 히히, 히히히히."

무슨 꿍꿍이인지는 뻔히 안다.

뭐, 군체형 영체가 할 짓이라면 하나뿐이겠지. 동료들을 불러들인다. 그것 말고는 없다.

"선행을 쌓았다고 자아도취 하지 말라고오오오오오오! 꺄하하하하하하하!"

어디서 솟아났는지, 수많은 영혼들이 레이스의 몸으로 빨려 들어갔다.

이 녀석과 같이 이세계에서 왔을, 그렇게 찾아다녔던 악령 무리다.

영체는 하나로 모이고 융합하는 성질을 지녔다.

이 레이스가 유난히 떠들어댔던 것은, 이 녀석 나름대로 시간을 벌려고 했던 건지도 모른다. 동료들을 전부 이리로 모아서 자기 전력으로 삼기 위한 준비를 하기 위한.

"독만 빠지면, 안 지거든? 그럼, 죽인다."

지금 레이스는 거의 세 배로 부풀어 있다. 잘라냈던 팔은 재생됐고, 예전보다 훨씬 늠름한 근육에 뒤덮여 있다.

"네가 데려온 영체는 전부 흡수했나?"

"당연하지! 덕분에 최강 모드다!"

"그렇다면 지금 널 죽이면 영체를 전부 해치울 수 있다는 건가."

"할 수 있겠냐?! 해보라고! 이 파워! 이 크기! 막아낼 수 있겠냐아아아아아아?!"

레이스가 휘두른 주먹을 꿈쩍도 하지 않고 맞아줬다.

내 뒤에는 안젤리카가 있다. 결코 피해서는 안 된다. 아버지의 역할을 다하기로 마음먹은 이상, 내 몸을 던져서라도 이 아이를 지켜줘야 한다.

"어라아?! 깔끔하게 죽으면 멋있을 거라고 생각하는 건가~?!"

가학적으로 웃으며, 레이스가 폭풍 같은 난타를 날렸다. 모든 공격이 필살이라고 해도 될 만한 파괴력이다.

폭풍이 휘몰아치고 먼지가 날린다.

땅바닥에는 거대한 크레이터가 생긴 게, 마치 거대한 폭탄이라도 떨어진 것 같은 참상이다.

"히하하…… 히이하하하하하! 히이이하하하하하하하!"

크레이터 안에서 레이스가 시끄럽게 웃어댄다. 승리를 확신하고, 이겼다고 순진하게 좋아하고 있다.

“그렇군. 겨우 이 정도인가.”

하지만 나는 멀쩡했고── 레이스의 주먹은 소리를 내며 부서져 버렸다.

“……어? ……어째서……?”

멍하니 자기 오른손을 보고 있는 레이스에게 한 걸음 다가갔다.

거한의 악령이, 지금은 공포에 사로잡혀 부들부들 떨고 있다. 그 모습이 왠지 우스워보였다.

“왜고 자시고. 아버지란 그런 거잖아? 딸 앞에서는 무적이라고.”

이 몸은, 사회생활이 불가능할 정도로 강해지고 말했다.

하지만 그래서 다행이라고 확신했다. 왜냐하면, 내가 있을 곳은 소중한 사람 곁이니까. 그 녀석 반경 몇 미터를 지킬 수 있다면 다른 것은 아무것도 필요 없다.

슬쩍 뒤를 돌아봤다. 상처 하나 없는 안젤리카와 눈이 마주쳤다.

나한테 맡기라고 살짝 고개를 끄덕이고, 다시 레이스 쪽을 봤다.

“자, 이 귀신 자식아. 마지막으로 진짜 최강이 뭔지 보여주마. 뭐, 눈으로 볼 수 있다면 말이야.”

──11회 행동.

신성검으로 고정한 레이스를 향해 물질화 주문을 외웠다. 영체에 모든 물리 데미지가 전해지게 되는 대 언데드용 디버프.

레이스를 땅바닥에 때려눕힌다. 도로가 갈라지고 놈의 몸이 일그러졌다.
이미 원래 모양을 잃어버린 레이스의 얼굴을 땅바닥에 비벼대며 뛰어간다.
콰가가가가가가각! 굉음을 울리며, 손에 잡은 악령이 갈려나간다.
"으아아아아아아아!"
갈려나간 레이스를 차올린다. 찰나의 속도로 성층권까지 날아갔고, 마찰열 때문에 새빨갛게 타오른다.
내는 배율이 높아진 버프로 온몸을 방어했다. 이제 열과 충격을 아무 문제 없이 견뎌낼 수 있다.
도약해서, 쫓아간다. 공기의 벽이 뒤쪽에서 쿵, 소리를 울리는 것이 들린다. 음속을 돌파한 것이다.
붉은 혜성으로 변한 레이스를 공중에서 붙잡아서는 몸을 두 쪽으로 찢어버린다. 상반신과 하반신으로 나뉜 사냥감. 아래쪽은 타버리고, 재가 돼서 사라졌다.
일련의 행동이 단 한 순간에 완료.
"끄아아아아아아아아아?!"
이대로 가면 나와 레이스는 지상으로 낙하한다.
장소를 잘 골라야 하는데. 주변에 큰 피해 없이 끝낼 수 있는 곳. ——산. 저기다.
아무도 없는 야산에 레이스를 처박으면서, 착지했다. 지면이 크게 파이고 나무들이 흔들린다.
이제 레이스는 머리만 남았다. 이 녀석들은 머리에 핵이 있다. 그걸 파괴하면 다시는 부활하지 못한다.

손에 쥔 머리에 온갖 디버프를 걸면서 꽉 움켜쥐었다. 맹독, 마비, 눈 멀기, 공황, 저주. 고통을 강화하는 디버프를 있는 대로 전부.

"끼아아아아아아아아아아아아아아아아아아아아아아아아아아아아악!"

레이스는 절규하면서 움찔움찔 경련했다.

"시, 싫어…… 이쪽 세계는 천국도 지옥도 없다고! 여기서 HP가 제로가 된 영체는, 소멸한다고!"

좋은 일이네. 사후에도 영원한 생명을 얻게 되는 건 제대로 된 일이 아니니까.

우리 동네는 깔끔하게 죽은 쪽이 미덕이거든. 이세계의 뜬구름에 불과한 너는 잘 모르겠지만.

"그아아아아아아! 싫어! 싫어, 싫어, 싫다고! 사라지기 싫어! 사라지기 싫다오오오오오!"

뿌득뿌득 소리와 함께 갈라지며, 얼굴만 남은 레이스가 애원했다.

"5분만, 1분이라도 돼! 1분만이라도 좋으니까 더 살게 해줘! 사라지기 싫어, 사라지기 싫다고! 으아아아! 없애지 마! 싫어어어어!"

아버지 앞에서 딸을 건드렸잖아. 그래서 이렇게 되는 거야. 자식을 이해서라면 귀신도 악마도 되는 게 아버지 아니겠어. 그런 것도 몰랐냐?

"아, 아으…… 영원한 생명을 원해서, 레이스가 됐는데…….

아아…… 안 돼…… 그만…….”

빠각. 메마른 소리를 내고, 레이스의 핵이 부서져 버렸다.

“으아아아아아아아아아! 싫어어어어어어! 사라, 지기, 싫어어어어…….”

희미한 안개처럼, 레이스가 녹아버렸다.

처음부터 존재하지 않았다는 듯이. 아무것도 없었다는 듯이.

물리법칙만이 지배하는 행성에 어울리지 않은 이물질은 단말마의 비명을 지르며 사라져버렸다.

집에 돌아와 보니 이미 경찰들이 모여 있었고, 시체가 발견됐다고 법석을 떨고 있었다.

안젤리카가 계단 구석에 앉아 있었지만 아무도 신경 쓰지 않았다.

아직 내가 걸어준 은폐가 풀리지 않았다.

그래서 보이지 않았고.

안젤리카는 비틀거리며 일어나서 내 앞으로 걸어왔다.

“아빠…….”

어두워서 잘 보이진 않지만 눈물을 흘려서 부은 흔적이 있다. 순찰차 경광등 불빛이 안젤리카의 얼굴을 스쳤다. 새빨갛게 부어오른 눈가. 눈물 마른 자국.

“저, 싫어해도 돼요.”

"안제……?"

"그 유령이, 그랬잖아요. 제 몸으로 이상한 짓 했다면서요? 더럽잖아요. 제가 생각해도 기분이 나빠요."

"그럴 리가."

그건 그 녀석이 거짓말을 한 거야. 정신적 고통을 줘서 힘을 얻는 놈들이니까.

적당히 헛소리를 한 거라고. 빨리, 그렇게 말해줘야지.

"솔직히, 저, 듣고 보니까, 아하하. 음란한 애일지도 모르거든요? 처음부터 그렇게 만들었으니까. 아빠는 리오라는 애랑 같이 살면 되잖아요. 그 사람, 엘자 씨랑 닮았다면서요?"

【나카모토 케이스케는 전투에 승리했다!】

【경험치를 30000 획득했습니다.】

【스킬 포인트를 1500 획득했습니다.】

【유니크 스킬 「부성」의 성능이 강화됐습니다.】

【파티 멤버 안젤리카의 나카모토 케이스케에 대한 감정이 「동정, 집착」에서 「신뢰, 애정」으로 변화했습니다.】

【안젤리카의 호감도가 9999 상승했습니다.】

【안젤리카의 호감도가 최대치를 돌파했습니다.】

안젤리카는 자기말고 다른 여자를 좋아하라고 말한다.

내가 이 녀석한테 계속 말했던 것처럼. 자신에게는 가치가 없다고, 다른 상대에게 눈을 돌리라고.

정말이지. 얼마나 날 닮은 건지. 나에 대한 호감도는 엄청난 수치가 돼버렸는데. 그런데도 무리해서 「싫어해도 돼요」라고 하는 건가.

"너, 얼굴이 엉망이다. 허세 부리는 게 다 보여. 그만 가자."

"아으으으……."

머리를 쓰다듬어줬다.

【파티 멤버 안젤리카의 신체 해석 완료. 100% 확률로 순결을 유지하고 있습니다.】

【속히 본인에게 전달하세요.】

【속히 본인에게 전달하세요.】

【속히 본인에게 전달하세요.】

뭐야, 이놈의 시스템 메시지가 오늘은 유난히 눈치가 좋네. 묘하다고 생각하면서 잘 읽었다.

"안제, 내 눈에는 시스템 메시지가 보이거든. 소환 용사 특전으로. 이 녀석은 절대로 거짓말을 안 해. 아주 기계적으로 사실만을 전해주지."

"……시스템메시지?"

"그 녀석이, 안젤리카 몸은 깨끗하다고 계속 떠들어대고 있어. 정말이야. 네 몸은 아무런 짓도 안 당했어. 그건 전부 그 천박한 악령의 거짓말이었어. 네 정신을 흔들어서 고통을 빨아먹으려고 한 짓이라고."

"……그냥 위로하려고 하는 말이죠……."

"그럴 리가 있겠어."

【안젤리카의 호감도가 합의 없는 성적 행위 도중에 합의 상태가 될 수 있는 수준에 도달했습니다.】

【실행하시겠습니까?】

【실행한 경우 일정 확률로 자식을 만들 수 있습니다.】

【태어난 아이는 양친의 스테이터스 경향과 일부 스킬을 이어받으며 장비, 아이템 공유도 가능합니다.】

【또한 자식에게 클래스 양도도 가능합니다.】

말도 안 되는 소리를 하고 있어.

여러모로 다 망쳤다. 나는 한심해하면서 창을 닫고 안젤리카의 손을 잡았다.

"집에 가자…… 할아버지 사정 얘기도 해야 하고 여러모로 시끄럽겠지만, 다 끝나면 밥 먹고 자자."

"……응."

안젤리카는 코를 훌쩍이면서 날 따라왔다. 깡깡 소리를 내며 녹슨 철제 계단을 올라갔다.

"아빠…… 내 몸, 정말로 아무것도 안 당했어요?"

"아직도 의심하는 거야?"

"……실제로 확인하기 전엔, 믿을 수 없거든요."

"뭐?"

"확인해줘요."

"지금 무슨 소릴 하는 건진 알고 있냐?"

"……아빠랑, 하고 싶어."

나한텐 아직 일러, 라고 말해주면서 현관문 앞에 멈춰 섰다.

문을 연다.

"꼭, 아빠 색시가 될 거야."

"너 말이야…… 아까부터 엄청난 소리를 펑펑 터트려대고 있는데, 창피하지도 않니?"

"몰라요. 마비된 건지도. 아빠가 너무 좋아서, 머릿속이 다 녹아버렸는지도 몰라요."

기분이 풀어지기는 했지만 예전보다 훨씬 위험한 발언을 늘어놓게 된 안젤리카와 함께, "다녀왔습니다"라고 말했다.

♥ 에필로그 ♥ EPILOGUE

레이스를 쓰러트린 뒤로 귀신 소동은 벌어지지 않았다.

동네는 완전히 평화로워졌다. 나는 여전히 바쁘지만.

“아빠! 또 컴퓨터 하고 있어!”

“아니…… 그게, 여러모로 찾아볼 게 있어서.”

그 뒤에 집주인과 경찰에게 사정을 다 설명하고, 나와 안젤리카는 한동안 아무 일도 없이 지냈다.

온갖 일들이 있어서, 지쳤다. 아무튼 쉬고 싶었다.

그리고.

다음날 아침, TV를 켜고 멍하니 뉴스를 보고 있는데, 내가 나왔다.

의문의 운석 충돌 사건이네 UFO 소동이네 하면서, 공중전을 펼치는 나와 레이스의 모습이 시청자 투고 영상으로 방송되고 말았다.

촬영 장소는, 아마도 레이스를 처박았던 그 산이다. 아무도 없는 줄 알았는데, 천체 관측하러 와서 캠핑하던 사람들이 있었던 것 같다.

……말려들지 않아서 다행이다.

다친 사람이 없어서 다행이긴 하지만, 내 사진이 제대로 찍혀버렸다. 레이스가 불타는 빛이 내 얼굴을 비춰서 인상을 다 알아볼 수 있게 돼버렸다.

은폐 마법으로 사람들 눈과 귀는 속일 수 있어도, 기계에는 그대로 찍혀버리다니. 말도 안 돼. 몰랐던 점을 알게 됐고, 며칠이 지난 뒤에는 취재 공세에 시달리게 돼버렸다.

횡설수설 변명을 늘어놓다가 「UFO 아저씨」라는 별명이 붙었고, 순식간에 유명해지고 말았다. 아무래도 세상 사람들은 마술사라고 받아들인 것 같다.

마술. 마술이라……. 그거 좋네.

아무튼 그렇게 해서, 최근에는 예능 프로그램에 불려 다니기 바쁜 상황이다. 카메라 앞에서 손바닥에서 나오는 광검을 보여주고, 불 위를 걸어 다니고 하면서 출연료를 벌었다.

그 결과, 겨우 2주 만에 100만 엔 가까운 돈이 들어왔다. 일은 지금도 순조롭게 늘어나고 있다.

그래서,

"그냥 방송으로 먹고 살 테니까, 그만둘게요."

점장한테 그렇게 말했더니, "너 같은 놈은 말이야, 어차피 반짝 인기로 끝난다고"라며 이마에 핏대를 세우면서 계속 잔소리를 해댔다.

안젤리카와 리오가 가게 앞에 서 있던 것도 문제였는지도 모른다.

"아빠~! 여기 이상한 냄새 나니까 빨리 가요~."

돼지 뼈 국물 냄새가 익숙하지 않은 안젤리카가 자기도 모르는 사이에 험담을 했고,

"왠지 곤도 같은 사람이 소리 질러대고 있는데, 뭐야 저거."

리오가 이상하다는 듯이 말하면서 스마트폰을 만지작거렸다.

곤도 자식, 아직도 열심히 하고 있네. 이제 그만 하라고 말해 줘야겠다.

"너 같은 놈은 말이야, 그러다가 여고생한테 손대서 콩밥이나 먹을 거라고!"

그런, 점장의 반쯤 울먹이는 고함소리를 들으며 가게를 뒤로 했다.

오오츠키 서점에는 가끔씩 들르고 있다.

안젤리카를 위해서라도 현대 일본에 대해서 공부할 책을 계속 구입해야 하니까

……여기가 제일 싸고. 물건도 많고.

아야코와 조우하는 건 너무너무 무섭지만. 특히 안젤리카랑 같이 가게에 들어갔을 때의 박력이 정말 무시무시하지만, 그래도 어쩔 수 없으니까.

"컴퓨터로 뭐 찾는데요?"

"집."

지금 내 목표는 이사다. 안젤리카는 한 번이나마 의심했던 데 대한 사죄라든지, 순수한 부모 마음이라든지, 그런 것 때문에 방이 두 개 있는 집을 얻으려 하고 있다.

게다가 안젤리카가 계율 때문에 기도를 올려야 한다면서 조용하고 어두운 방이 필요하다고 했다. 신성 무녀는 매일 한 번씩 남자가 보지 않는 곳에서 기도를 올려야 한다는 것 같다. 지

금은 어쩔 수 없이 내가 자는 사이에 욕실이나 베란다에서 기도를 하고 있다는데, 이것도 어떻게든 해줘야 할 것 같다고 생각했다.

"안제, 기도할 공간이 필요하다고 했잖아. 그래서 더 넓은 집으로 이사 가려고. 그걸 알아보는 중이야."

"정말요? 저는 그 호텔 아마리리스라는 데가 좋은데."

거긴 러브호텔이야. 살면 안 돼.

"안제도 개인 공간이 필요하잖아. 기도실을 네 방처럼 쓰면 되지 않을까?"

"예~? 괜찮은데."

"침대도 두 개 사서, 하나를 기도실에 두면 침실도 따로 쓸 수 있거든? 역시 여자니까, 계속 나랑 같이 자는 건 싫지 않겠어."

"침대는 하나면 충분해요. ……꼭 하나여야만 해요."

또 그런 위험한 소리를. 뭔가 이상한 상상을 해서 얼굴도 빨개졌고.

내가 한숨을 쉬면서 다시 컴퓨터 화면을 봤더니 시야 한쪽에 창이 열렸다.

【안젤리카의 성적 흥분이 70%에 도달했습니다.】

【상호 합의하에 성적 행위가 가능한 수치입니다. 실행하시겠습니까?】

【실행한 경우 일정 확률로 자식을 만들 수 있습니다.】

【태어난 아이는 양친의 스테이터스 경향과 일부 스킬을 이어

받으며 장비, 아이템 공유도 가능합니다.】

【또한 자식에게 클래스 양도도 가능합니다.】

대체 왜 자꾸 여자한테 손을 대라고 유도하는 거냐고. 정말 이상하네.

이 자식, 혹시 자아라도 있는 게 아닐까? 라는 의심을 했을 때.

【케이스케, 빨리 새로운 사람과 맺어져서】

【행복해져야 해.】

"……어?"

마우스 휠을 돌리던 손가락이 떨린다.

"엘, 자?"

너야?

계속 거기 있었던 거야?

이렇게 가까운 곳에. 내 안에.

나한테 흡수돼서, 목숨을 바친 너는, 지금도 날 지켜봐주고 있는 거야――

"아빠~? 알았죠? 침대는 꼭 하나여야 해요, 하나. 침실을 따로 쓰는 건 용서 못해요."

"아……."

새로운 생활에 대한 기대를 가슴에 품고, 의식은 과거의 추억으로 향하는.

그런 복잡한 심리상태로, 나는 부동산 홈페이지를 들여다봤다.

"아빠……? 우는 거야?"

그렇게 침대를 따로 쓰고 싶어요?! 착각한 안젤리카가 어깨를 흔들어댄다.

"그게 아냐, 그게 아니라, 안제. 기뻐서 우는 거야."

"예? 뭐예요~ 좋아서 우는 거구나. 역시 아빠도 나랑 같이 자는 게 좋은 거잖아요."

엘자…… 나, 이쪽에서 열심히 살게. 이젠 자포자기하지 않고, 제대로 살아볼게.

왜냐하면 난, 용사니까.

나는 부모님 얼굴을 모른다.

철이 들기도 전에 신성 무녀 신전에 맡겨져서 생이별했으니까.

그렇게 된 이유는, 내가 태어난 마을에 큰 홍수가 난 탓이라는 것 같다. 집도 밭도 전부 잃어버린 부모님이 "딸을 신께 바치면 지켜주실 거야"라고 생각해서 나를 신전에 기증한 거지.

뭐…… 어쩔 수 없는 일이라고, 그렇게 생각은 한다.

한때는 원망하기도 했지만 가난한 농민이 할 수 있는 일이라고는 신에게 의지하는 것뿐이니까, 어쩔 수 없는 일이지만~.

그래도 딱 한 가지, 지금도 불만인 것은 왜 하필 안젤리카라는 이름의 딸을 신성 무녀 신전에 보냈냐는 점이다.

왜냐하면 안젤리카의 어원은「천사」니까.

그리고 날 맡긴 신전은 다신교의 종교 시설.

이거 위험하지 않나요? 아빠한테 그렇게 투덜댔더니, "그게 뭐가 문젠데?"라고 이해해주지 않는 게 분하다.

그러니까 아빠, 이건 말이지, 지구의 종교로 말하자면, 무하마드라는 이름의 아이한테 불교의 사찰에서 수행하라고 하는 꼴이니까…….

엄청나게 튀잖아…….

틀림없이 다른 종교 신자라고 생각하지 않겠어…….

"안젤리카 네 이름은 정말 예쁜데, 우리 신전 분위기랑은 안

맞는다……?" 그렇게 기분 나쁘다는 투로 말한 사람이 한둘이 아니라고.

난 그때마다 너무 슬퍼서, 왜 나를 유일신교 수도원에 맡기지 않았냐고 고민했었어. 지금이야 그쪽에 보내서 다행이야! 라고 생각하지만.

왜냐하면 유일신교 쪽은 성(性)에 엄~~청나게 엄격해서, 여자는 살갗을 전부 법의로 가려야 하는데다가, 자기 위로 행위도 금지라는 것 같아. ……들키면 채찍으로 때린다나. 아빠한테 이 얘기를 했더니, "무슨 중세 가톨릭도 아니고"라면서 한숨을 쉬었다. 내가 있던 세계의 유일신교는 이쪽 세상의 기독교랑 많이 비슷한 것 같아.

두 세계에 비슷한 종교가 존재하는 이유는 잘 모르겠다. 아빠도 이상하다고 했다. 어쩌면 뭔가 관련이 있는 게 아닐까? 라는 생각도 해보고.

지구인을 소환해서 용사로 만드는 의식은 옛날부터 있었다는 것 같으니까, 어쩌면 내가 살던 세계의 종교가 지구에서 온 건지도 모른다. 일단은 신을 섬기는 몸이니까, 어떻게든 이 테마에 대해 조사해봐야겠다는 의욕이 불타올랐다.

일본에 온 지 오늘로 열흘째.

내 정열은 주로 아빠와 종교 쪽에 쏟고 있었다. 지금의 나는 이 두 가지가 삶의 보람이고, 다른 것들은 솔직히 별 관심도 없다. 특히 윤리관 따위는 제일 신경도 안 쓰는 일이라서, 틈만 나면 아빠한테 「안아줘요」라고 졸라대고 있다.

하지만 아빠의 도덕심이 예상 이상으로 탄탄한지, 항상 아슬아슬한 선에서 도망치고 있다.

오늘 아침에도 일어나자마자 모닝 그거를 하자고 했더니 거절했고. 아침부터 아빠 아랫부분이 임전 태세에 들어가 있어서 할 수 있을 거라고 생각했는데, 「이건 그냥 생리현상」이라면서 거절해버렸다. 정말 이상하게도, 남자는 자는 중에 멋대로 거기에 힘이 들어간다던가…….

의식이 없는 사이에 자식을 만들기 쉬운 상태가 되다니, 그건 덮쳐달라는 소리잖아. 나 같은 사람을 위한 생리현상 아니겠어.

내일 아침에 바로 저질러볼까? 그런 소녀 같은 생각을 하면서 아침 식사를 마친 그릇을 치웠다.

아빠가 아침밥을 만들고, 설거지는 내가. 어느샌가 암묵적으로 정해진 두 사람만의 룰이다.

수도꼭지를 돌리고 물로 그릇을 헹군다. 거실에서는 아빠가 TV를 보면서 전기면도기로 수염을 깎는 소리가 들려오고.

왠지 가족 같은 광경이라서 정말 좋다.

나랑 아빠는 경이적인 페이스로 가족이 되어가고 있다. 마치 오래전부터 같이 살았던 것처럼 서로의 존재에 익숙해진 것이다.

이렇게 간단히 부부 같은 관계성이 된 건, 짧은 기간 동안에 많은 경험을 했기 때문인지도 몰라. 몸에서 레이스가 나오고, 옆집에서 돌아가신 할아버지를 발견하고…….

여러모로 엄청난 일들이 계속 벌어진 탓인지, 아빠는 내 정신

상태를 신경 쓰는 것 같다. 하루에도 몇 번이나 「괜찮니?」라고 물어보면서 내 얼굴을 들여다본다.

"옆집에서 사람이 죽은 집인데, 싫지 않아? 못 참겠으면 당장이라도 이사 가자"라는 말도 하고.

아빠는 그렇게 걱정하지만, 난 의외로 괜찮았다.

분명히 뭔지도 모를 귀신한테 조종당한 건 기분 나쁘지만, 그건 아빠가 퇴치해줬으니까. 옆에서 돌아가신 할아버지 문제도, 내가 살던 세계에서는 항상 어디선가 사람이 죽었기 때문에 그렇게 큰 충격은 아니었다. 그쪽에서는 사람의 수명이 50세 전후고, 매일 부상이나 병 때문에 누군가가 죽었으니까. 죽음이 슬프기는 해도 일상의 일부였다고나 할까. 게다가 그 할아버지는 향년 79세였다고 하니까, 내 감각으로는 엄청나게 오래 살았다. 아무리 고독사라고 해도 그렇게 오래 살았으면 미련은 없지 않을까.

아무튼, 뭐 아빠한테 이런 얘기를 했더니, "역시 너도 삶에 대한 관점은 중세 사람이구나"라면서 감탄했다.

"현대 사람들은 죽음과 너무 멀어진 건지도 몰라."

라나 뭐라나.

아빠 말로는 이쪽 나라 사람들은 자기 집에서 죽는 게 드문 일이라는 것 같다. 죽을 때가 다가오면 의사가 있는 시설에 격리되고, 거기서 치료를 받다가 죽는 게 보통이라나. ……내 입장에서 보면, 그건 귀족이나 왕족이 죽을 때 모습이다. 의사의 진찰을 받는 시점에서 이미 사치라고. 게다가 의료비 대부분을 나라가 부담해준다고 하니, 새삼 여기가 유복한 나라라는 걸 실감했다.

동시에 너무나 슬프기도 했다.

아빠는 이렇게 복 받은 나라에서 태어났는데 다른 세계에서 소환 용사로 살아야만 했다. 그리고 그것 때문에 많은 것을 잃었다. 청춘. 경력. ……인생.

그래서 나는 아빠 자식을 잔뜩 낳아줄 거야. 계속 열심히 해온 아빠한테는 행복한 가정을 가질 권리가 있을 테니까. 물론 내가 아빠를 보면 몸이 달아오른다는 이유도 없는 건 아니지만. 뭐, 없는 게 아닌 정도가 아니라 깨어 있는 시간의 80% 정도는 아빠 가지고 야한 상상을 하면서 보내고 있지.

하지만 그건 상관없는 일이야. 사람을 좋아하는 데 이유 따위는 필요 없다고. 중요한 건 그 사람 아이를 낳고 싶은지 아닌지.

설거지가 끝났다.

나는 수도꼭지를 잠그고 거실로 돌아가서 아빠를 뒤에서 안아줬다. 출근하기 전의 은근히 바쁜 시간이지만 알 게 뭐야.

"……아빠의 아기가 갖고 싶어."

아빠는 얼굴을 약간 찌푸리고 "안돼"라고 말했다. "그건 용서받지 못하는 일이야"라는 말도.

이 나라에서는 18세 미만의 여자아이와 성적인 관계를 맺으면 범죄가 된다고 들었다. 하지만 여자는 16세가 되면 결혼할 수 있고, 그래도 정식으로 성인 취급을 받는 건 20세부터라고. 그럼 결국 몇 살부터 어른인 거야? 라고 묻고 싶어진다.

"이 나라는 왜 10대에 임신하면 안 되는 건데요. 영문을 모르겠어요. 여자의 일은 임신과 출산이잖아요? 저는 일은 물론이고 취미로도 임신하고 싶은데."

"……그런 상황을 극복했으니까 선진국인 거야. 다산다사에서 소산소사로 이행해서……."

아빠가 뭐라고 중얼중얼 말하면서 귀까지 새빨개졌다. 아마 내가 가슴으로 등을 누른 것 때문에 쑥스러워서 그렇겠지. 아빠는 이런 아저씨면서도 순진한 구석이 있어서 귀엽다.

남자를 놀리는 건 즐겁다.

내가 지금 마음은 물론이고 몸까지 기뻐하고 있다는 게 느껴진다. 아빠한테 비벼대고 있는 가슴의 꼭지 부분이 단단해졌다. 아마 아빠한테도 옷 너머로 감촉이 전해지고 있겠지.

아빠 몸도 반응하면 좋겠다…….

나는 아빠 어깨에 턱을 얹고 그 부분을 슬쩍 봤다.

하지만 아쉽게도 아빠의 너무 두툼한 가슴 근육이 방해가 돼서 이 각도에서는 잘 보이지 않는다. 잘 단련된 용사의 육체는 여러 가지 의미로 방어력이 높다.

"저, 몸은 이미 여자로서 완성됐거든요……? 여러 부분이 아빠의 아이를 갖고 싶다고 어필하는데, 모르겠어요……?"

내가 생각해도 이건 아니다 싶을 정도로 뜨거운 목소리로 말하며 유혹했다. 이래도 안 통하면 상처받을 거예요? 그런, 약간 초조한 기분이 들기 시작했을 때 아빠가 입을 열었다.

"안제 몸이 이미 여자 모양이 됐다는 건 나도 자~~알 알아.

……그렇게 들이대고 있으니까. 그리고 브래지어는 꼭 해라."

"싫어. 그거 답답해."

"노브라로 살면 처진다던데?"

"그럼 아빠가 입혀줘요."

"뭐?"

"아빠가 해주면 입을게요.

마법 방어력이 너무 높아서 고르곤이 노려봤는데도 돌이 돼버리지 않았다는 전설의 주인공이 돌처럼 굳어지는 모습은 꽤나 재미있는 광경이었다.

"아빠가 딸이 옷 입는 걸 도와주는 정도는 흔히 있는 일이잖아요?"

"그, 그건, 어릴 때 얘기지."

"아직 아기도 못 갖는 나이면 어린애잖아요? 그렇다면 부모가 도와줘야 할 것 같은데."

나는 천천히 일어나서 침대 밑에 있는 서랍을 열었다. 안에서 팬시한 디자인의 속옷을 꺼내들고 아빠 곁으로 돌아와서는.

"여기요, 부탁할게요."

아빠 손바닥 위에 브래지어를 얹고 가슴을 내밀었다. 지금 내가 입은 옷은 아빠 셔츠뿐이니까 벗기기도 쉬울 거야.

참고로 아래쪽은 팬티 하나만. 아빠 말에 의하면 이런 차림새는 「남친 셔츠」라고 하는데, 무의미하게 선정적이니까 그만두라고 했다. 하지만 그렇기 때문에 앞으로도 계속 이런 차림새를 해야 한다고, 내 본능이 말해주고 있다.

“……나한테 이걸 입혀달라고? 열여섯 살 딸 가슴에. 브래지어를?”

“못 하겠으면 안 해도 돼요. 난 노브라로 아빠한테 밀착해도 괜찮으니까. 괜찮은 정도가 아니라 그쪽이 아빠 감촉이 더 직접 느껴져서 더 기분 좋을 것도 같고.”

“……크윽…….”

이대로 가면 네가 잘못된 방향으로 갈 수도 있다고 말하면서, 아빠가 내 쪽을 봤다.

“브래지어도 안 한 가슴을 아빠한테 들이대고 쾌감을 느끼는 딸은 인간으로서 잘못됐어.”

열여섯 살이나 돼서 아빠한테 속옷을 입혀달라는 것도 사람으로서 잘못된 것 같은데, 그 부분은 깜박한 것 같네.

아빠는 핏발이 선 눈으로 내가 입은 셔츠의 단추를 풀고 셔츠를 벗겼다. 그리고 두 손을 들어서 만세 자세를 하라고 했다.

자, 이제 어떻게 하려나? 그런 생각을 하면서 지켜봤더니, 세상에나. 아빠는 눈을 감은 채로 브래지어를 입혀주려고 했다.

당연한 얘기지만 그러면 제대로 조준할 수가 없어서, 아빠 손가락이 내 상반신 이곳저곳 엉뚱한 곳을 건드렸다. 쇄골과 유방, 배꼽에 옆구리.

“아하하. 거기 간지러워…… 아, 거긴 좋아. ……아응. ……아빠, 혹시 일부러 그러는 거야? 아까부터 내가 좋아하는 데만 만지는데……?”

“너, 마왕보다 무섭다. 정말로.”

얼굴이 새빨개져서 당황하는 아빠를 보면서 너무나 만족하고 있는 나. 아빠한테는 미안하지만 이 얼굴이 보고 싶어서 고집을 피운 것도 있거든. 날 위해서 열심히 해주고 내 몸을 보고 창피해하는 남자가 있다는 건 정말 행복한 일이니까.

아빠는 알고 있으려나? 아버지 행세하면서 날 돌봐주면서도 날 이성으로 의식하는 그 행동이, 내가 정말로 원하는 일이라는 걸.

내가 원했던 것── 아빠와 오빠와 친구와 연인의 역할을 한 사람이 다 해주는 그런 사람. 내 인생의 부족한 조각을 혼자서 채워줄 사람.

역시 나한테는 아빠밖에 없어.

다른 애한테 빼앗기면 죽을지도…… 같은 조금 위험한 생각도 들었다.

그런데 아빠 주위에는 이미 여자애들의 기척이 여럿 숨어있다. 저래 봬도 꽤 인기가 좋은 타입이라니까.

빨리 결론을 내고 싶어서 그냥 확 덮쳐버릴까~ 같은 생각을 하면서 아빠한테 몸을 기댔다. 팔을 아빠 목에 감고, 매달리는 것처럼.

"오늘은 유난히 응석을 부리네?"

아빠는 약간 곤란한 목소리로 말하면서도 등의 훅을 제대로 잠가줬다.

"다 됐다……. 난 이제 일하러 가야지."

온화한 손놀림으로 머리를 쓰다듬어줬다. 사랑이 느껴지는 손

짓. 날 소중히 여긴다는 게 느껴져서, 그게 너무나 기뻐서, 내 중심부가 점점 축축해졌다.

만져보지 않아도 알아. 틀림없이 젖어 있어.

아무래도 오늘은 아빠가 이긴 것 같다. 내가 먼저 전투 불능이 돼버렸으니까.

더 이상 머리가 돌아가질 않아.

나는 "화장실"이라고 말하며 일어서서는 비틀비틀 화장실로 향했다.

변기에 앉아서 팬티를 내려 보니 끈적한 액체가 늘어져서 실 모양이 돼 있다. 패배의 증거지만, 아빠한테 지는 건 싫지 않아.

이 패배에는 항상 쾌감이 따라오니까.

내 몸은, 아빠한테 정복당하길 원하고 있어.

할 일을 마치고 화장실에서 나왔을 때, 외출 준비를 마친 아빠와 눈이 마주쳤다.

아빠는 그대로 복도를 걸어가서 현관 앞에서 몸을 숙였다.

아무래도 이제 나가려는 것 같다.

"너무 외로워하지 말고. 일찍 올 테니까."

내 머리를 쓰다듬어주면서 웃었다.

"혼자 있는 동안 이쪽 세계 공부라도 해둬. 시간도 보낼 수 있고, 아직 배워야 할 게 많잖아?"

"뭐야. TV나 책 보고 공부해서, 일반 상식은 다 안다고요."
"그래?"
"일본의 지배자는 도쿠가와 가문이라는 쇼군이고, 부하인 샐러리맨들은 은혜와 봉사의 관계로 맺어져 있는 거잖아요?"
"거의 다 틀렸네…… 종교 공부만 하지 말고, 다른 것들도 좀 배워두라고."
조금 전까지는 연인 같았는데, 지금은 완전히 아빠 같은 발언이다.
아빠는 항상 내가 원하는 대로 해준다니까.
"다녀오세요, 아빠."
"그래."
볼에 입을 맞춰서 배웅하고 문을 닫았다. 아빠가 밖에서 문을 잠근 걸 확인하고, 바로 공부를 시작하기로 했다.
거실로 가서 책장을 뒤지기 시작했다.
제일 먼저 눈에 들어온 것은 『일본사』, 『고사기』, 『벤처기업 세력도』 세 가지. 아빠도 17년 만에 돌아온 고향에 적응하기 위해 책을 잔뜩 사서 지식을 익힌 적이 있었다는 것 같다. 옛날에 이쪽 학교에서 배우는 지식도 잘 기억이 안 나서 다시 공부하기 위해 이런저런 책들을 샀다는 얘기도 들었다.
그러니까 여기 있는 책들을 다 읽으면 나도 평균적인 현대 일본인과 같은 수준의 교양을 익히게 된다는 얘기야.
아빠도 고생했겠다…… 라고 조금 찡한 기분을 느끼며 『고사기』를 집었다.

"……."

그리고.

몇 줄 읽고서 어라? 이거 역사가 아니라 신화 책인가…… 라고 생각했지만, 일단 잡은 책을 끝까지 읽지 않으면 그것도 기분 나쁘니까 신경 쓰지 않고 계속 읽어나갔다.

"……어?"

그리고 계속 읽는 사이에 이자나기와 이자나미라는 남녀 신이 부부가 되는 장면이 나왔는데, 몇 번을 다시 읽어도 이 두 신이 남매 신이라고밖에 해석할 수 없는 내용이 적혀 있었다.

……이게 어떻게 된 거지…….

신화는 그 민족 가치관의 바탕이 되는 이야기라고 알고 있다. 그 나라의 창조 신화를 알면 민족성을 알 수 있다고 해도 과언이 아니니까.

단순히 내가 무녀였기 때문이 아니라, 그런 분명한 이유가 있어서 이쪽 세계의 종교를 조사하는 중이다.

뭐, 이번에는 우연이기는 하지만. 그나저나…….

내가 지금 읽고 있는 고사기는 일본 신화에 대해 기술된 책이다. 이 나라의 신화다.

아빠네 민족의 신화…… 그런데 천지창조 장면에서 남매의 결혼을 묘사하고, 그 뒤에는 최고신으로 보이는 아마테라스와 동생 스사노오 사이에서도 자식이 생겼다.

"근친상간을 권장하는 건가……?"

만약 그렇다면, 나는 이 종교로 개종해야만 한다. 아빠와 딸의 결혼도 가능한 종교려나?

"하지만…… 그건……."

말도 안 되는 일이고…… 반쯤 넋을 놓고 일어났더니, 책장 뒤쪽에 뭔가가 끼워져 있는 게 보였다.

조금 얇은 책이다.

왜 이런 데 있지? 여자의 감이 뭔가를 숨기려고 한 것 같다고 말해줘서 그걸 꺼내 봤다.

제목은,

『코믹 열락천』

이라는 책이다.

"……."

이상한 책이다. 무엇보다 표지에 그려진 여자 그림이 묘하다. ……표정은 엄청나게 음란하고 복장은 거의 알몸에 가까운. 가슴골 계곡에는 땀인지 뭔지 잘 모를 하얗고 탁한 액체가 고여 있다. 여자인 내가 보기만 해도 이상한 기분이 드는 이 그림.

왼쪽 위에는 380엔이라고 적혀 있는데, 이건 아마도 가격이 아닌가 싶다. 아빠가 라멘 가게에서 일했을 때 시급이 842엔이라고 했으니까, 코믹 열락천은 성인 남성이 한 시간 동안 열심히 일한 돈으로도 두 권밖에 못 사는 고급 서적이라는 뜻이 된다. ……아니면 이 책은 싼 편이고, 아빠 급료가 낮았던 건 아닐까? 그건 깊이 생각하면 안 되는 영역인 것 같으니까 이쯤에서 그만두자.

"공부니까…… 이건 일본의 문화와 종교를 배우기 위한 공부니까…….”

보이지 않는 누군가에게 변명을 하면서 열락천의 페이지를 넘겼다.

처음 보는 형식의 책이다.

그림이 정말 많고, 네모난 틀 안에 초상화들이 잔뜩 그려져 있다. 뭔가 스토리가 있는 것 같았다. 언어 이해 스킬 덕분에 글자는 읽을 수 있지만, 그림을 어떤 순서로 봐야 할지는 잘 모르겠다.

아랫배가 뜨거워지는 것을 느끼며 내용 독해에 집중했다.

“…….”

잘은, 모르겠지만.

오른쪽 위에서 왼쪽 아래를 향해서 읽는 게 아닐까? 라는 기분이 들었다.

아마도, 거의 확실하게 이 방법이 맞다.

왜냐하면 이 순서대로 읽으면 사이좋은 누나와 남동생이 일을 벌이는 얘기가 되니까.

“유 군 밀크, 누나가 전부 짜줄게…….”

내 성대가 멋대로 울리면서 음독을 시작했다. 숨도 저절로 거칠어진다.

누나와 남동생이 농후한 교접을 나눈 다음에는 교사와 학생으로 보이는 커플이 밀실에서 어우러지는 이야기였다. 그다음에는 문어 같은 생물과 여학생의 순애 이야기. 일본인 장난 아니다.

“무, 문어……? 촉수……?”

나는 아직 일본의 역사에 대해 잘 파악하지 못했지만, 천 년 가까이 무인 계급의 지배가 이어진 뒤에 자신보다 큰 나라고 뭐고 가리지 않고 전쟁을 벌였던 전투민족의 나라라는 정도는 알고 있다.

게다가 날생선에 알을 일상적으로 먹어도 배탈이 나지 않을 만큼, 위장까지 무사도로 강화했다는 것도 알고 있다.

이런 민족 출신이니까 아빠 같은 최강 용사가 나왔다는 걸 납득하기는 했는데, 예상보다 훨씬 대단했다.

이 사람들, 침대 위에서도 엄청난 무사들이네……

부들부들 떨면서 열락천을 읽어나갔다. 이번에는 고양이 귀가 달린 소년과 얌전해 보이는 청년의 러브스토리가 펼쳐졌다.

오토코노코가, 뭐지……?

언어 이해로 번역해 봐도 단어의 의미를 이해할 수가 없었다. 그냥 호모 아닌가? 라는 생각만 든다. 하지만 틀림없이, 미묘하게 다른 무언가겠지.

……아빠도 여장한 소년한테 관심이 있다면, 좀 곤란한데…….

아빠 난 믿어, 라고 기도하면서 페이지를 넘겼더니.

……넘겼더니……!

"흐어어억!"

훌륭하게도, 10대 여자아이와 힘없는 아버지의 연애극이 시작되려고 한다. 포근하고 섬세한 그림체로 친아버지를 유혹하는 소녀의 심리가 그려져 있다. 모친이 먼저 돌아가시고 부녀가정이 된 두 사람. 서로 도와가며 사랑가는 사이에 아버지는 딸에게서 죽은 어머니의 모습을 보게 되고, 딸은 아버지를 남자로 의식하게 된다……. 내가 평소에 아빠를 망상거리로 삼을 때와 똑같은 상황이었다. 피임을 전혀 고려하지 않는 점도 예술성이 높다.

"그런…… 거구나."

근친상간을 추천하는 신화와 그림 이야기.

틀림없어.

일본은 부모 자식이나 남매가 결혼해도 되는 나라야.

부녀혼도 합법이야.

게다가 행위의 종류가 말도 안 될 정도로 풍부하고.

그렇구나, 여기가 천국이구나.

내가 이상으로 여기는 것들이 전부 여기에 있다.

내가 옳았어……. 앞으로도 계속 아빠를 유혹해도 되는구나…….

의붓이기는 해도 아빠랑 딸이니까 그걸 하면 안 되려나? 하고 조심했었지만, 일본에서는 그 정도는 일도 아니니까.

아빠가 돌아오면 또 팍팍 밀어붙여야지. 상쾌한 기분과 함께, 그런 마음을 먹었다.

작가 후기

책부터 보기 시작한 독자 여러분, 처음 뵙겠습니다. 타카하시 히로무라고 합니다. 인터넷판 부터 읽어주신 여러분, 이쪽에서도 잘 부탁드리겠습니다. 설마 제가 책을 내게 되리라고는 상상도 못 했는데, 매일매일 신선한 놀라움이 가득합니다.

한번 해보자는 생각으로 쓰기 시작한 이 작품이 여기까지 온 것도 전부 여러분 덕분입니다. 이 위험한 제목의 작품을 출판해주신 오버랩 여러분, 하나부터 열까지 잘 가르쳐주신 담당 편집자 I님, 멋진 일러스트를 그려주신 아유마 사유 님, 그리고 이 책을 구매해주신 독자 여러분, 정말 감사합니다.

제가 생각해도 이건 위험하지 않을까? 싶은 에피소드가 많은 이 책을 게재해주신 『소설가가 되자』님의 관용에도 감사드립니다.

이 작품은 젊은 여자애들이 계속 나오고, 야시시한 전개가 가득한 하렘 이야기입니다.

하지만 작가 본인은 젊은 여자애보다 20대 후반 쯤이 취향이고, 진심으로 「바람을 피느니 차라리 죽고 말지!」 같은 생각을 할 정도로, 현실에서는 성적으로 결벽증을 가진 사람입니다. 그래서 10대 히로인들의 서비스 신을 쓰다 보면 죄악감이 뭉게뭉게 부풀어 오르고, 그 불안정한 기분이 작품을 더욱 과격한 방향으로 끌고 가게 됩니다. 제 문장에 저 자신이 조교당하고 있습니다. 앞으로도 열심히 망가질 예정이니 따뜻하게 지켜봐 주시면 감사하겠습니다.

[이세계에서 돌아온 아저씨가 부성 스킬로 파더 콤플렉스 아가씨들을 헤롱헤롱] 1

2019년 12월 14일 1판 1쇄 발행
2020년 3월 14일 1판 2쇄 발행

저자 타카하시 히로무
일러스트 아유마 사유
옮긴이 김정규
발행인 유재옥
본부장 조병권
담당편집 정영길
편집1팀 정영길 김민지 조찬희
편집2팀 김다솜 이본느
편집3팀 오준영 김효연 임미나 박상섭
미술 강혜린 박은정
라이츠담당 김슬비
디지털 전준호 박지혜 이성호
발행처 ㈜소미미디어
제작처 코리아피앤피
등록 제2015-000008호
주소 서울시 마포구 토정로 222, 403호 (신수동, 한국출판콘텐츠센터)
판매 ㈜소미미디어
마케팅 한민지 한주원
전화 편집부 (070)4164-3962, 3963 기획실 (02)567-3388
판매 및 마케팅 (070)4165-6888 Fax (02)322-7665

ISBN 979-11-6389-754-5 (04830)
ISBN 979-11-6389-753-8 (세트)